河流上的摇篮曲

中国行吟诗歌精选

李 立/主 编

汤红辉/副主编

中国言实出版社

图书在版编目（CIP）数据

河流上的摇篮曲：中国行吟诗歌精选 / 李立主
编 . — 北京：中国言实出版社，2022.2
ISBN 978-7-5171-4059-7

Ⅰ . ①河… Ⅱ . ①李… Ⅲ . ①诗集—中国—当代
Ⅳ . ① I227

中国版本图书馆 CIP 数据核字（2022）第 031194 号

河流上的摇篮曲

责任编辑：王建玲
责任校对：张国旗

出版发行：中国言实出版社
　　　　　地　　址：北京市朝阳区北苑路180号加利大厦5号楼105室
　　　　　邮　　编：100101
　　　　　编辑部：北京市海淀区花园路6号院B座6层
　　　　　邮　　编：100088
　　　　　电　　话：010-64924853（总编室）　010-64924716（发行部）
　　　　　网　　址：www.zgyscbs.cn　电子邮箱：zgyscbs@263.net

经　　销：新华书店
印　　刷：三河市华东印刷有限公司
版　　次：2022年8月第1版　2022年8月第1次印刷
规　　格：650毫米×960毫米　1/16　28.75印张
字　　数：293千字

定　　价：85.00元
书　　号：ISBN 978-7-5171-4059-7

来自蓝色星球的天籁之音（序）

李 立

一缕清风，呼唤遥远的记忆
几朵浮云，装点生命的葱绿
最早的呼吸，穿越动人的绮丽
最初的美丽，就在这里
……

日本陶笛大师宗次郎先生的名曲《故乡的原风景》，穿越肤色、语言、地域和时空，猛烈地撞击人们的心灵。他透过清新悠扬的陶笛乐音，阐述他对于自然万物与山川土地的感怀。这曲天籁之音曾经风靡世界，让人心怀激荡，难以平复。

能把来自大自然的声响，如风声、虫鸣、鸟啼、蝶舞、泉涌、潮汐、吟唱，种种凝聚天地、日月精华的声音，浑然天成诗歌，唯有诗人。用心灵与山川河流、天地戈壁、人流星雨、自然万象促膝倾谈的，亦唯有诗人的纤细笔尖。带着体温的赤脚叩敲荒野之声音，是天籁之音；热泪盈眶的眸子热吻大海之声音，是天籁之音；颤巍巍的灵魂拥抱万物之声音，是天籁之音；赤诚善良的人与人之间的心灵感应，是天籁之音……

翅膀行吟蓝天、蛙鸣弹拨荷塘、溪流放歌空山、渔火点燃寂静、小木屋里那盏豆大的灯火照亮温馨辽阔的生活……这些都是诗人用满腔清流养育着的蚌，鲜活灵感滋润出来的字字珠玑，便是一首首晶莹剔透的诗歌，点缀着活色生香的人间烟火，驱逐摇曳在心灵上空的寂寥，温暖漫漫长夜的星月。

树影婆娑、小草多姿、鲜花绽开、牛儿嘶吼、蜜蜂振翅、炊烟袅袅、农田里的稻穗仿佛摇篮中的婴儿，在晚风轻轻晃荡中酣睡，远处传来一声高亢而悠远的呼喊，把野性的童真唤回家，一枚被野狗啃噬只剩下一半的夕阳，被随意地丢弃在孤零零的山丘之上，唯有诗人如获至宝，兴致盎然地抱在怀里进入了梦乡。

在梦中，他们把思想插上缤纷多彩的翅膀，个性张扬、鲜活、自我、干练、睿智，且不失洒脱、沉稳和优雅，穿过心灵的窗户，在浩瀚的文字汪洋里自由翱翔，飞越城市的高楼大厦和乡村的土墙青瓦，飞越蓝天、高山、平原、草地、长河、沙漠、碧海，飞越中国的长城、印度的泰姬陵、埃及的金字塔、罗马的斗兽场、英国的大笨钟、法国的巴黎圣母院、美国的太空针塔、澳大利亚的悉尼歌剧院、南非好望角岬角上的长明灯塔……飞越千山万壑、起伏波涛、人情世故、爱恨情仇、冷暖人生。

诗人们把自己的所见所闻、所思所想、所哀所乐、所悲所悯，写成了不饰雕琢、自然天成的行吟诗歌，这便是来自蓝色星球的天籁之音。

2021 年 8 月 4 日

目 录

来自蓝色星球的天籁之音（序） …………………… 李　立 / 1

年度头条诗人·胡弦的诗

浅析胡弦的诗歌特征 ………………………………… 哑　石 / 2

礼　物 ………………………………………………… 6

清　晨 ………………………………………………… 6

古　镇 ………………………………………………… 7

洛阳桥 ………………………………………………… 8

伊瓜苏瀑布 …………………………………………… 9

下雪了 ………………………………………………… 9

霜　降 ………………………………………………… 10

入海口的岛 …………………………………………… 11

悸动·2021

诗人要让诗歌呈现出属于自己的意欲 …………… 樊　子 / 14

阿啾的诗 …………………………………………… 18

每当皮屑降临 ………………………………………… 18

蕉　绿 ………………………………………………… 19

代梵的诗 ················· 20

寄回十一月 ················· 20

河流上的摇篮曲 ················· 21

卢酉霞的诗 ················· 23

行　空 ················· 23

孟垚的诗 ················· 24

五月，衔在梦境之间 ················· 24

清　明 ················· 26

谢健健的诗 ················· 28

千户苗寨 ················· 28

治　愈 ················· 29

那曲一夜 ················· 30

闫今的诗 ················· 32

花的阴影 ················· 32

悲伤的镜 ················· 32

第六片海 ················· 33

张雪萌的诗 ················· 34

车　站 ················· 34

旅　途 ················· 35

速　写 ················· 36

张玮婷的诗 ················· 37

短暂地热起来 ················· 37

2021 · 高峰

行吟诗中的阿基米德支点 ⋯⋯⋯⋯⋯⋯⋯⋯ 姜念光 / 40

艾子的诗 ⋯⋯⋯⋯⋯⋯⋯⋯⋯⋯⋯⋯⋯⋯⋯⋯⋯ 43

　江苏初雪 ⋯⋯⋯⋯⋯⋯⋯⋯⋯⋯⋯⋯⋯⋯⋯⋯ 43

　雪 ⋯⋯⋯⋯⋯⋯⋯⋯⋯⋯⋯⋯⋯⋯⋯⋯⋯⋯⋯ 44

　日月湾的下午 ⋯⋯⋯⋯⋯⋯⋯⋯⋯⋯⋯⋯⋯⋯ 45

安琪的诗 ⋯⋯⋯⋯⋯⋯⋯⋯⋯⋯⋯⋯⋯⋯⋯⋯⋯ 48

　过尼山 ⋯⋯⋯⋯⋯⋯⋯⋯⋯⋯⋯⋯⋯⋯⋯⋯⋯ 48

　屈子与汨罗江 ⋯⋯⋯⋯⋯⋯⋯⋯⋯⋯⋯⋯⋯⋯ 49

　登鹳雀楼，愧对王之涣 ⋯⋯⋯⋯⋯⋯⋯⋯⋯ 50

　奔赴郏县 ⋯⋯⋯⋯⋯⋯⋯⋯⋯⋯⋯⋯⋯⋯⋯⋯ 52

白兰的诗 ⋯⋯⋯⋯⋯⋯⋯⋯⋯⋯⋯⋯⋯⋯⋯⋯⋯ 54

　准噶尔盆地 ⋯⋯⋯⋯⋯⋯⋯⋯⋯⋯⋯⋯⋯⋯⋯ 54

　在五彩滩上看落日 ⋯⋯⋯⋯⋯⋯⋯⋯⋯⋯⋯ 55

　呼伦贝尔大草原 ⋯⋯⋯⋯⋯⋯⋯⋯⋯⋯⋯⋯ 56

　在草原上总能看见苍鹰 ⋯⋯⋯⋯⋯⋯⋯⋯⋯ 57

北塔的诗 ⋯⋯⋯⋯⋯⋯⋯⋯⋯⋯⋯⋯⋯⋯⋯⋯⋯ 58

　雪　夜 ⋯⋯⋯⋯⋯⋯⋯⋯⋯⋯⋯⋯⋯⋯⋯⋯⋯ 58

　被废弃的教堂 ⋯⋯⋯⋯⋯⋯⋯⋯⋯⋯⋯⋯⋯⋯ 59

　罗马尼亚之星 ⋯⋯⋯⋯⋯⋯⋯⋯⋯⋯⋯⋯⋯⋯ 60

柏亚利的诗 ⋯⋯⋯⋯⋯⋯⋯⋯⋯⋯⋯⋯⋯⋯⋯⋯ 61

　水 ⋯⋯⋯⋯⋯⋯⋯⋯⋯⋯⋯⋯⋯⋯⋯⋯⋯⋯⋯ 61

　山 ⋯⋯⋯⋯⋯⋯⋯⋯⋯⋯⋯⋯⋯⋯⋯⋯⋯⋯⋯ 62

笨水的诗 ⋯⋯⋯⋯⋯⋯⋯⋯⋯⋯⋯⋯⋯⋯⋯⋯⋯ 63

　塔克拉玛干 ⋯⋯⋯⋯⋯⋯⋯⋯⋯⋯⋯⋯⋯⋯⋯ 63

我要去看，草原深处那匹马 …………………… 63

蔡赞生的诗 ………………………………………… 65

笨鸟的天空 ……………………………………… 65

沿　途 …………………………………………… 66

怀念一棵树 ……………………………………… 67

曹谁的诗 ………………………………………… 68

帕米尔堡的雪国 ………………………………… 68

雪　国 …………………………………………… 69

程维的诗 ………………………………………… 71

老人街 …………………………………………… 71

屈原氏从赣江大道走过 ………………………… 72

大枪的诗 ………………………………………… 73

黄河口红柳 ……………………………………… 73

东篱的诗 ………………………………………… 75

夜宿金山岭 ……………………………………… 75

呼伦贝尔大草原 ………………………………… 76

樊子的诗 ………………………………………… 78

蛇 ………………………………………………… 78

闪　电 …………………………………………… 79

枯　枝 …………………………………………… 79

范明的诗 ………………………………………… 81

在海边 …………………………………………… 81

站在悬崖边上 …………………………………… 82

当你醒来 ………………………………………… 83

冯景亭的诗 ……………………………………… 85

追随者 …………………………………………… 85

黄河入海口 ……………………………………… 86

　　在大昭寺 ································· 87

甘建华的诗 ································· 88

　　湖水幽蓝而又忧伤的青海 ·············· 88

　　雪落荞麦皂 ···························· 89

高凯的诗 ································· 91

　　黄　河 ································· 91

龚学敏的诗 ······························ 101

　　在商丘 ································ 101

　　在芒砀山下 ··························· 102

　　在黄姚古镇且坐吃茶处 ················ 103

　　在安化鹞子尖茶马古道甘露亭喝茶兼致黄斌 ········· 104

谷频的诗 ································ 105

　　长安古运河 ··························· 105

　　梁家墩 ································ 106

　　在花岙岛看盐 ························· 107

广子的诗 ································ 108

　　告别阿门乌苏 ························· 108

　　乌兰布和与北斗七星 ··················· 108

　　红草滩的红 ··························· 109

　　在荒野里 ····························· 109

郭辉的诗 ································ 111

　　祝融峰 ································ 111

　　飞雪寺 ································ 112

　　桃花江 ································ 112

黄惠波的诗 ······························ 114

　　西北行 ································ 114

　　别了，吴哥窟 ························· 115

河流上的摇篮曲——中国行吟诗歌精选

维多利亚港 ················ 116

九龙寨城 ················ 117

黄亚洲的诗 ················ 118

在东营看黄河 ················ 118

无锡，张中丞庙 ················ 119

姜华的诗 ················ 122

石头上的艳遇 ················ 122

姜念光的诗 ················ 123

一个人出门远行 ················ 123

远游概论 ················ 124

出行记 ················ 124

冬至日答张九龄 ················ 126

草原一日 ················ 127

蒋雪峰的诗 ················ 129

每个人心里都住着一个陶渊明 ················ 129

山　水 ················ 130

小　河 ················ 131

蒋志武的诗 ················ 133

心的美妙 ················ 133

溪　流 ················ 134

在温暖的事物上微笑 ················ 134

乐冰的诗 ················ 136

我已多年没有见过大雪 ················ 136

黑夜里的雨 ················ 137

冷眉语的诗 ················ 138

木　塔 ················ 138

云冈石窟 ················ 139

藏地悲歌 …………………………………………… 140

李不嫁的诗 ……………………………………… 141

　　和苏东坡站一会儿 ……………………………… 141

　　人的话语 ………………………………………… 142

李皓的诗 ………………………………………… 143

　　小箬岛 …………………………………………… 143

　　珍珠滩 …………………………………………… 144

　　石塘或里箬村 …………………………………… 144

　　雪溪辞 …………………………………………… 145

李南的诗 ………………………………………… 147

　　从河北来到河南 ………………………………… 147

　　画青海 …………………………………………… 148

李浔的诗 ………………………………………… 149

　　塔克拉玛干的沙 ………………………………… 149

　　卓　玛 …………………………………………… 150

李勇的诗 ………………………………………… 151

　　今夜　我枕着月色入眠 ………………………… 151

　　秋　蝉 …………………………………………… 152

梁尔源的诗 ……………………………………… 153

　　登岳麓山 ………………………………………… 153

　　爱晚亭 …………………………………………… 154

　　穿过崀山一线天 ………………………………… 155

梁粱的诗 ………………………………………… 157

　　我曾是草原的某一阵微风 ……………………… 157

　　沉默的树 ………………………………………… 158

　　银河落满内蒙古草原 …………………………… 159

　　在草原上能做的一些事情 ……………………… 160

林忠成的诗 ·· 162

  虎牢关，使汉语最强悍的部分苏醒 ············· 162

  虎牢关的热血沸腾至今 ···························· 163

凌之鹤的诗 ·· 165

  去长安朗诵一首诗 ································· 165

  雨雪霏霏下长安 ··································· 166

  大雁塔诗稿 ··· 167

刘清泉的诗 ·· 169

  泸沽湖看水 ··· 169

  茶卡盐湖 ·· 170

  太白山中 ·· 171

刘合军的诗 ·· 172

  在维纳斯女神塑像前 ····························· 172

  阿尔卑斯雪山 ······································ 173

刘年的诗 ·· 174

  熄灯号 ··· 174

  春泥歌 ··· 174

刘西英的诗 ·· 176

  在内蒙古草原，我看到了长在故乡的一种草 ··· 176

  题挂甲柏 ·· 177

  乾坤湾 ··· 178

龙晓初的诗 ·· 179

  十月的海滩 ··· 179

  消失的鸟语 ··· 180

鲁橹的诗 ·· 181

  我将在清晨抵达 ··································· 181

  我与她，是耳语的关系 ·························· 183

陆岸的诗 ·· 186

　栅　栏 ··· 186

　浦阳江边 ··· 187

　无事溪 ··· 188

罗广才的诗 ·· 189

　百里杜鹃总有多愁善感的一个人 ··········· 189

　一场不期而遇的雨，缩短了古城的黄昏 ········· 190

　谁不想抱着神像回家 ··························· 191

罗鹿鸣的诗 ·· 193

　南岳忠烈祠 ······································· 193

傈傈的诗 ·· 195

　特鲁希略的黄昏 ································· 195

　在阿赫玛托娃故居 ····························· 196

　特蕾莎修女 ······································· 197

吕本怀的诗 ·· 198

　五一晚宿东浒寨林泉二号 ··················· 198

　洞庭湖畔的油菜花开了 ······················ 199

马永波的诗 ·· 200

　响水村信札 ······································· 200

马萧萧的诗 ·· 208

　临　江 ··· 208

　逛昆明花市 ······································· 209

　写在开心村 ······································· 209

　千里迢迢我找到了呼伦贝尔 ··············· 209

马端刚的诗 ·· 211

　听逆流成河 ······································· 211

　天空的水 ·· 212

马启代的诗 ·· 214

　　风为何居无定所 ·· 214

梅苔儿的诗 ·· 216

　　马家窑，窑事 ·· 216

　　烟雨廊棚 ·· 217

　　独木器和歌谣 ·· 219

　　薄醉辞 ·· 220

聂泓的诗 ·· 222

　　看　云 ·· 222

　　秋　天 ·· 223

　　黄花公园 ·· 224

聂沛的诗 ·· 225

　　太行献诗 ·· 225

　　雨岔大峡谷 ·· 226

　　若尔盖印象 ·· 227

牛梦牛的诗 ·· 229

　　落花寺 ·· 229

　　玉龙潭 ·· 230

　　一个人的舍利山 ·· 230

彭惊宇的诗 ·· 232

　　西山曹雪芹故居感怀 ··································· 232

　　太白山：蜿蜒之路 ····································· 233

　　甲午秋月，登长陵 ····································· 234

　　龟兹古渡 ·· 235

钱轩毅的诗 ·· 237

　　访皇帝洞 ·· 237

　　茶　忆 ·· 238

在胡大海庙听神歌 ……………………………… 238

如风的诗 …………………………………………… 240

经　过 …………………………………………… 240

67 号界碑 ……………………………………… 241

盐 ………………………………………………… 241

阮雪芳的诗 ………………………………………… 243

画中莲 …………………………………………… 243

山　间 …………………………………………… 244

一枚醒着的钉子 ……………………………… 244

弱水吟的诗 ………………………………………… 246

野鸽子 …………………………………………… 246

马场夜 …………………………………………… 247

孙启放的诗 ………………………………………… 248

十二青檀 ………………………………………… 248

马鬃岭 …………………………………………… 249

吊水岩瀑布 ……………………………………… 249

邵纯生的诗 ………………………………………… 251

玻璃上的路 ……………………………………… 251

月光如篱 ………………………………………… 252

接　收 …………………………………………… 253

石玉坤的诗 ………………………………………… 254

凌云塔 …………………………………………… 254

赤乌井 …………………………………………… 255

冬雨中寻汪伦墓 ……………………………… 255

苏启平的诗 ………………………………………… 257

隐真观的黄昏 ………………………………… 257

洞阳山的传说 ………………………………… 258

鄱官冲 ·· 259

谈雅丽的诗 ·· 261

异乡人 ·· 261

溪水的画布 ·· 262

河流漫游者 ·· 263

唐诗的诗 ·· 265

西湖断桥 ·· 265

看流水 ·· 266

汤红辉的诗 ·· 268

在黄姚古镇我动了凡心 ······························ 268

黄姚三日 ·· 269

华盛顿的国家广场有个马丁·路德·金雕像 ············ 269

田暖的诗 ·· 270

天蒙山之雾 ·· 270

珠日河赛马 ·· 271

淌水崖 ·· 272

田耘的诗 ·· 274

在石太铁路线上 ···································· 274

滹沱河下游对上游的问候 ···························· 275

在井陉口 ·· 276

在红门书院 ·· 278

凸凹的诗 ·· 279

玉垒山 ·· 279

水 则 ·· 280

三 祠 ·· 282

涂拥的诗 ·· 284

鹅卵石有何不同 ···································· 284

韭菜坪的高度 ……………………………… 285

王爱民的诗 ………………………………… 286

开封：在宋词的故乡 ……………… 286

鹳雀楼：雀归来，把滚滚黄河浪收回 ……… 287

王彤乐的诗 ………………………………… 289

小星星变奏曲 …………………… 289

白日光 …………………………… 290

无尽夏 …………………………… 291

王小妮的诗 ………………………………… 293

超市里堆满米袋 ………………… 293

王志彦的诗 ………………………………… 294

一棵古苕树在移动着流水 ……… 294

王子俊的诗 ………………………………… 296

我不了解的小世界 ……………… 296

山间叙 …………………………… 297

温青的诗 …………………………………… 298

以雪为马，去天边追寻一道影子 ……… 298

父亲在每一片雪花里长眠 ……… 299

雪花在大地上说出万物的往事 ……… 299

雪花填补着天空的漏洞 ………… 300

吴乙一的诗 ………………………………… 301

夜宿霸王岭 ……………………… 301

棋子湾落日 ……………………… 302

如果是大海，如果是明月 ……… 303

夏杰的诗 …………………………………… 304

冬　夜 …………………………… 304

在晚上看天空 …………………… 304

肖照越的诗 ·· 306

　　庐山松 ·· 306

　　在浮梁古县 ·· 307

　　蜀地辞 ·· 308

小引的诗 ·· 310

　　在佩枯措遇见一位摩旅不知道说什么才好 ·········· 310

项见闻的诗 ·· 311

　　在天山 ·· 311

　　在草原 ·· 312

湘子的诗 ·· 313

　　我与周洛的距离 ···································· 313

　　周洛游 ·· 314

徐敬亚的诗 ·· 316

　　越逃越远 ·· 316

　　送一封信或取一封信 ································ 317

　　放声大哭 ·· 318

　　哪只动物愿意回动物园 ······························ 320

雪克的诗 ·· 322

　　威尼斯的摇晃 ······································ 322

姚园的诗 ·· 324

　　写在湄南河码头 ···································· 324

　　在灵魂深处鼎盛 ···································· 325

远村的诗 ·· 326

　　边　镇 ·· 326

　　鲁艺旧址 ·· 327

　　保育院 ·· 328

张德明的诗 ·· 330

    醉　者 ·· 330

    雪　霁 ·· 331

张雪珊的诗 ·· 333

    荷　池 ·· 333

    水帘洞 ·· 334

    向日葵 ·· 335

张笃德的诗 ·· 337

    在丹霞口，醉在一碗面里 ···································· 337

    爱在丹霞 ·· 338

    去张掖，看丹霞 ·· 339

赵目珍的诗 ·· 341

    文庙前的沉思 ·· 341

    秋日黄山湖 ·· 342

    喜欢远行的人 ·· 343

郑德宏的诗 ·· 345

    南海的蓝，祖国的蓝 ·· 345

钟静的诗 ·· 348

    岳麓书院 ·· 348

    岳阳楼观景 ·· 349

朱建业的诗 ·· 350

    在白云之上 ·· 350

    重阳节在田头村 ·· 350

庄伟杰的诗 ·· 352

    冬日，走进宁国西村 ·· 352

    非遗龙窑 ·· 353

河流上的摇篮曲——中国行吟诗歌精选

第三届黄亚洲行吟诗歌奖国际大赛获奖作品选

从一个人的骨骼里，看见了一座山 ················· 黄亚洲 / 356

高若红的诗 ··································· 359

    李白投江处遇雨（金奖）··················· 359

马冬生的诗 ··································· 361

    黄姚的月光（银奖）······················· 361

罗燕廷的诗 ··································· 364

    金华山上怀子昂（银奖）··················· 364

高鹏程的诗 ··································· 367

    在宋殿受降纪念馆（铜奖）················· 367

张威的诗 ····································· 370

    云灵山（铜奖）··························· 370

震杳的诗 ····································· 373

    无量河（铜奖）··························· 373

燕南飞的诗 ··································· 375

    雪山在上（优秀奖）······················· 375

方文竹的诗 ··································· 377

    敬亭山树林（优秀奖）····················· 377

姚德权的诗 ··································· 379

    屈子行吟图（优秀奖）····················· 379

压轴诗群·浏阳河西岸诗群作品大展

西岸风光旖旎 ……………………………… 刘起伦 / 384

方雪梅的诗 …………………………………………… 388

　汉中盆地 …………………………………………… 388

　成　都 ……………………………………………… 389

　梅花知己 …………………………………………… 391

　在西来山下 ………………………………………… 392

奉荣梅的诗 …………………………………………… 394

　种下《诗经》 ……………………………………… 394

　晒太阳 ……………………………………………… 395

　月下月湖 …………………………………………… 396

李立的诗 ……………………………………………… 397

　大　漠 ……………………………………………… 397

刘炳琪的诗 …………………………………………… 403

　回故乡 ……………………………………………… 403

　池塘边 ……………………………………………… 404

　从一片枫林走过 …………………………………… 405

　一只鸟飞走了 ……………………………………… 405

刘起伦的诗 …………………………………………… 407

　在浯溪拜谒元结 …………………………………… 407

　灵魂的雅隆冰川 …………………………………… 412

沙弦的诗 ……………………………………………… 414

　苏州的园 …………………………………………… 414

　喜欢玫瑰 …………………………………………… 414

谢蓄洪的诗 ······················· 416

　　心仪之地 ························· 416

　　宽窄巷子 ························· 417

易鑫一的诗 ······················· 418

　　夜雨敲窗 ························· 418

　　回　忆 ·························· 419

　　校园里看云 ······················ 419

远人的诗 ························· 421

　　里耶的早晨 ······················ 421

　　午夜的酉水河堤 ··················· 423

　　山　夜 ·························· 424

　　天门山洞 ························ 425

周缶工的诗 ······················· 428

　　潇湘夜雨 ························· 428

　　平沙落雁 ························· 429

　　山市晴岚 ························· 429

改变，才能日臻完善（后记） ············· 李　立／431

年度头条诗人·胡弦的诗

浅析胡弦的诗歌特征

哑　石 [①]

胡弦的诗很耐读。胡弦的诗作之所以耐读，笔者以为主要取决于如下几个方面：

一、发现的魅力

胡弦善于突破熟脸（惯性）思维，能从习见之物相中发现陌生并以诗为之命名。经验很像一张漂亮的脸蛋，太好看有时也误事。那种不看（用）太浪费的想法，会让你与更多美妙之物失之交臂。而胡弦不，他将纳入其视野的物象进行放大和冥想。此间情状似如《空楼梯》一诗中所写："……一块块／把自己从深渊中搭上来"，"并不断抽出新的知觉"，即便"沿着自己走下去，仍是／陌生的，包括往事背面的光，以及／从茫然中递来的扶手"；又如《礼物》一诗的首节中，通过观察视角或思维角度的转换，在万籁俱寂的特定场景下，本属于听觉范畴的鸟鸣在回忆时自然不再以声音形式呈现，而又由于回忆因素的介入，从而在个体感知中变成了具有美好意味的礼物（视觉）。初读时可能会觉怪异，细品后方知此种发现合理且新鲜；再如《古镇》一诗，已非单纯的景物描写，而可视之为融入了时代悲情和人生况味的象征物。

[①] 哑石，本名张学伟，有诗歌、小说发表于《扬子江诗刊》《诗潮》《北方文学》《青海湖》等刊。

保罗·策兰也曾说过："诗歌从不强行给予而是去揭示。"胡弦与现实存在的对话过程充满了神秘，他借助视（感性）与思（理性）之间的巧妙置换和指认，从中发现了"事物内部发生了哗变，某种遮蔽的东西呈现，并得以被确定，一首诗也因此避开了大众认知，达到了自己的准确性"。这里所谓的被遮蔽之物，我们可称之为一种"无"中生出的崭新诗意。

同时，从胡弦诗作中也可以看到，他正以自身的实践再度唤醒对发现的重视！正如其本人所说，"诗人的生活是否有价值，不是留意身边的喧响，更不是和大家一起欢呼，而是要去辨认这些声音的源头"。

二、语言的魅力

在笔者看来，胡弦的诗作语言具有如下鲜明的特征：沉郁、穿透力强，内部富有机趣和哲思。比如本次所选的《古镇》《洛阳桥》《伊瓜苏瀑布》，等等，皆如此。文字在胡弦手中俨然成了变魔术的工具，他用文字在其诗中制造了一个又一个的旋涡，有时他自己也深陷其中。不过，他常能机灵地抽身而退，再用智慧使读者在旋转的光影迷离中自得其乐。

在他的诗作中，所用的词句在能指与所指之间，有着十分广阔的弹性空间。胡弦曾言："一首诗，应该有一个不能被描述的内部，但词语可以暗示出它的存在，并把它置于注视之下。"正如有论者所指出的那样，胡弦近些年"一直致力于将形象的东西以抽象的语言表达出来，将抽象的理性用诗性的语言呈现出来，并将理性与感性的悖论逻辑全都交给读者，以这样的方式，呈现了一首诗歌的无限艺术张力"。

其次，胡弦的诗作用语十分考究，表达方式也是独特的。从语言运用角度论之，从其大量诗作中可以看出他对文字所持的敬畏和谨慎态度。他的文字犹如做工精湛的艺术品，古色古香（指其句式有古风），就连标点符号此类细节也经过细心打磨。再从表达方式看，胡弦似乎更偏爱用低声部表述，声调低沉若讲古者。或如诗评家霍俊明所言："声调不高却具有持续穿透的阵痛感与精神膂力。"

此外，胡弦诗作的语言还有一种唤醒功能，即通过语言唤醒或打开读者处于沉睡状态的感知器官，使读者仿佛身处有极大吸力的语言旋涡之内，并在感知中陷入无尽的遐想和思索之中。比如《下雪了》一诗中所写之雪，"像是从一场谈话里落下的。/ 它落进行人的背影里，缓解了 / 又一个时代的痉挛症"。

故，胡弦的诗歌除了给读者带来出乎意料的阅读惊喜之外，其诗作语言中蕴含的复杂情感元素也为读者提供了多种解读和重构的可能。

三、巧用隐喻，有效扩容诗歌的内涵

多隐喻和浓郁的思辨色彩，是胡弦在书写技巧上的又一明显特征。细读胡弦的诗作，会发现在其诗作中有大量的隐喻运用，显然是受到国外意象派诗歌写作的影响，而且程度很深。胡弦本人低调行事的性格特点、低声部表述、思辨性和隐喻这四者之间，似乎有某种天然的默契。

隐喻的巧妙运用，使其诗歌中的本体和喻体之间建立了有效的链接，在笔者看来，诗歌并非直接运用写实的艺术，而更为关注其折射的功能。通过隐喻的折射，使现实的"存在"转向更为广阔的空间，从而极大地拓展了其诗歌的想象空间，增强了诗歌内部的张力。这也是现代诗歌和古典诗歌之间的区别所在。

笔者深为赞同胡弦的观点，即"诗歌写作不应该被某种热闹带走，因为热闹中总存在着属于个人的清寂，诗人应该在那里。诗人，既是一个迷狂的人，也是一个清醒者"，亦如文学评论家姜广平所言，"胡弦在诗的旨趣上作出的努力，是以一种平静乃至沉静的方式表现出来的"。在当前这个浮躁不堪的年代，沉静对于诗人而言是一种极为稀罕和不可或缺的优秀品质，甚至在某种程度上可以决定诗人所写诗歌的质地优劣和能抵达的高度。

诗人档案 胡弦，诗人、散文家，著有诗集《沙漏》《空楼梯》，散文集《永远无法返乡的人》等。曾获多种杂志年度诗歌奖、花地文学榜年度诗歌金奖、柔刚诗歌奖、鲁迅文学奖等。

礼 物

万籁俱寂。
现在请回忆，鸟鸣不是声音，
是礼物。

夜色如旧，其命维新。
现在，风在处理旧闻。
风也是礼物，把自己重新递给万物。

现在，湖上空旷，群山
是错了的听觉。
黑暗深处，老火车是一块失效的磁石。
鸟儿是一排空音箱，树枝轻轻
摇着被遗忘已久的音符。

清 晨

群山像个句子一样拖着阴影。
清晨，露水之光，一面面山坡……

6

被领到胡思乱想的人面前。

男子取下墙上的铁器，画眉梳理羽毛，
老火车带着旧时代的寂静。
世界的神秘像一个窗口。你不可能

再在书中读到了它，那奔驰了一夜的
高大悬崖，急停在
幽暗无底的深渊前。

古 镇

午后，小菊花在一杯水中醒来，
山坡绿得耀眼。当我们
试图探究一座古镇的完整性，
浪花卸去了码头的重量。

每当山洪暴发，大地震颤，镇子
仿佛瞬间就会被冲垮。
而在安谧的夜晚，月光浮动，
所有人的呼吸变轻，
石板、屋脊、合欢树，都在梦中。

这正是我们的小镇：仿佛一直生活在
一头怪兽的注视中。桥洞
用优美的弧线吃掉洪水。

研开宿墨，有人正把后来者写进家谱，
让所有人的名字在一起。

人间无数，花朵是安定的，仿佛
无名的神一直跟随在身旁。
睡莲也刚刚醒来，老屋
还是原来的样式：它释放记忆，献出
时光为我们收藏的一切。

洛阳桥

此地类洛阳，而非洛阳。
此桥似曾相识，而它仅仅是这一座。
世间物有奇妙的相似性，
又根本不同。

要拜的佛是同一个佛，
不同的是手艺，
前者是本质，在无数种
语言中翕动书页的经卷是本质。
而以艺术观，让我们激动的
是另一种完全不同的东西。

"他演得真像"，但他不是他。
妆上到一半或卸到一半，都恰恰好。
刚才数桥墩，我说想你了……

——我有些入戏，像处在某个
传奇的开端。

现在，我已回到一棵
时代树下，手上有一份
来历不明的情感无处措置。

伊瓜苏瀑布

没有一个国家能管好它脆弱的地壳，
没有一种笔画能限制住发声的方式。
对于被命名，事物无知觉：流水
对正穿越的国境线无知觉。唯有当它
把身体突然出让给悬崖的时候，
才像一切都错了：河床消失，
雪白瀑布像抽走了内容的语言，轰鸣着，
一瞬间摆脱了
所有叙述，落向等待已久的深喉。

下雪了

下雪了，纷纷扬扬。
无论你有过怎样的幸福和烦恼，
现在是雪的纷纷扬扬。

下雪了。有人曾谈论雪，
雪，像是从一场谈话里落下的。
它落进行人的背影里，缓解了
又一个时代的痉挛症。

下雪了。雪，前语言的状态。
而一根树枝，
像个正在诞生的细小词节。

雪落着，人间没有隐喻，
浪漫是件不体面的事。
——我暗恋过你，这暗恋，
像人类没有能力处理好的感情。

雪在落，世界慢慢变白，
我们和雪在一起。我们的屋顶
已再次得到确认。

霜　降

洞穴内，狼把捕来的兔子摆放整齐。
天冷了，它是残忍的，
也是感恩的。

枯莲蓬如铁铸，
鱼脊上的花纹变淡了。

我们已知道了该怎样生活。

瓦片上有霜，枫叶上有霜，
清晨，缘于颜料那古老的冲动，
大地像一座美术馆的墙。

缘于赞美，空气里的水每天变形一次；
缘于赞美里永恒的律令，
乱石般的大雁又排成了一行。

入海口的岛

漫长的耐心才能建造岛屿。
在那里，细沙从我们的生命中漏下来，
进入另外的生活。

"不能被理解。在那中心，
它也许忘记了自身的来历……"
小岛像一把绿色的切刀，把滔滔江水
一剖为二。
当我们重新寻找自己，发现
压在心底的秘密，
早已被暴力洗劫一空。

——实际上，它也可能由我们全部的爱
和错误构成，卡在

余生的入口。在它周围、
那被反复触摸的边缘，有什么在日夜
滑向大海，
仿佛回忆般越来越远的手指。

悸动 · 2021

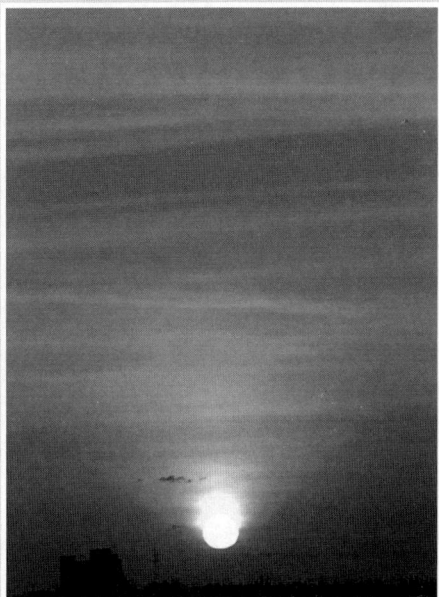

主持人 樊子

（按汉语拼音首字母排序）

阿　啾　代　梵　卢酉霞

孟　垚　谢健健　闫　今

张玮婷　张雪萌

诗人要让诗歌呈现出属于自己的意欲

樊 子

  一部诗歌年选特意给 95 后、00 后诗人预留一个重要园地，这不能不说是一个大胆的尝试。某日，主编李立兄邀请我出任主持人，我们理念一致，一拍即合。

  作为一名专业诗刊的编辑，面对各种流派的诗人，编者一直试图找到客观对待不同风格诗人作品的阅读、批评和欣赏的有效途径，这的确很难，单就诗歌语言组织层面，就会涉及诗歌文本的语言性、辞格层面及审美特征等。现代诗歌呈现的结构特征有时候仅仅依靠固有的文学概论知识是难以应对的，譬如面对 00 后诗人卢酉霞的这首诗歌——

> 这一次醒来是在南方。南方不够温柔
> 只有阿猫阿狗
> 阿猫，阿狗，为什么牵拉着尾巴呜呜
>
> 为什么天花会散佚人间
> 簌簌而落
> 又在我体内长出
>
> 哦，我没有身体，旷野也不是我一个人的

树上长满了骨头还是没能结出像样的我

如果按照文法层面来理解，卢西霞的《行空》一诗肯定不符合"诗有诗法"，从词法上讲，"南方不够温柔""我没有身体"这种否定句式不符合词法的用词要贴切、规范的要求；再按照常见的语言要求，"树上长满了骨头"可以被视为一句"病句"。年轻的卢西霞用了借喻"南方""阿猫阿狗""天花"和"树"直接和本体"我"发生了情感上的纠结，用"不够""没有""不是""没能"之否定来衬托出"只有""又在""还是"等词的肯定性，诗人通过悖论、拟人、对比的语言形态引出了有关联的语言信息符号体系，这些体系显然超越了所谓的语言的规范层面，把诗歌意象、物象及它们相对应的时间、空间或抒情或叙述的不同层面映现在语言信息的关系符号里。

笔者在此所说的语言信息的关系符号，简而言之，就是对入诗材料的有效与有机的取舍关系。诗歌自然少不了人称代词、数量词、副词和物象等组成、生成而出的诗歌场景、背景和氛围，有时候一行诗句就能传递出诗歌所依赖的关系符号，比如下面是几个年轻诗人的诗句——

阿啾：我从来都没有见过一串绿色的芭蕉
谢健健：钟楼的阴影被黄昏斜映得很长
张雪萌：一百个行人踩着流水的病体

同卢西霞的诗歌语言呈现一样，他们语言的异质是遵循了诗歌首先由语言构成并由一定的语言行为及其产品构成的基本原则，但阿啾们故意混淆"词"在其中使用的不同情境，张雪萌的诗句是从反逻辑角度出发的，她写流水的病体，这也显然与现实诗歌材料的意义不符，诗人却无可争辩地把"物"被强加的因素强行植入一个敞开的诗歌情境里，羊和流水通过诗人语言信息的调动、组合与重新分配，生成了新的喻体，达到了物象的固有意义之外的另外一种释义；同样，我们看到阿啾、谢健健的诗句采取的是肯定句式，他们明了、直入的肯定语气剥离了复杂的意象和物象带来的模糊性，让其诗歌的上下句式有着静与动、单色与多色、刻板与活跃的多重循环。

笔者认为一个优秀的诗人对入诗材料的取与舍的能力不仅要完成在阴影中看到光的缺失，还要完成在光的缺失中看到阴影这种复杂的并置过程——

> 海鸟……说"响彻"很不准确，我一失神那些叫声就消失，飞翔着
>
> 翻转着的叫声渐远／淡出，无法为观光者占有。有人拉小提琴，
>
> 在海边的餐厅走廊——巨型岩石上，他把乐声向外推离自己的身体，
>
> 用餐的人们随手搅下一嗅，放开，如同放开一个正在游泳的人。
>
> 于是乐声传到海鸟的阵营中去了，文明的和野生的这样交汇：
>
> 浅水区的人竭力往深水区一跃，深水区的人竭力往禁泳区一跃。
>
> ——闫今《第六片海》

显然，闫今的这首诗歌表面上看来有点"复杂"，细加分析，我们看到其中心意象是海鸟，作为人称代词"我""他""人

16

们""人"的角色的更替与转换，以及特殊标点符号意象的植入，从本质上讲是这些显现的语言符号通过具有点与线条那样的形式再形成点与面、线条与整体的语言的动态形态，让诗人情感的果敢性与坚实的外在客体形成某种复杂纠缠之后有了某种明确的认同关系，而不是增加了诗歌信息的庞杂性、歧义性和模糊性。这种诗歌技法在张雪萌的诗歌中也得以很好地呈现。现代诗"日常流行的意见"，缺乏在诗歌语言区间的解蔽与遮蔽的能力，闫今的解蔽是"推离""一嗅""放开""传到""一跃"等动词，遮蔽是海鸟的"叫声"为名词，一个简单的海鸟与复杂的我、他、人构成了物象之间的相互指认的关联。

笔者认为诗歌语言只有经过有作为的诗人的不同方式的过滤与再塑，才能产生出属于诗人自身的语言信息的关系符号体系，即意欲，那么我们再理解一首诗歌时就会变得比较简单了。

阿啾的诗

**诗人
档案** 　阿啾，女，原名马欣雨，2000 年生于湖北十堰，目前为
安徽大学文学院汉语言文学专业学生。作品见于《诗歌
月刊》《长江文艺》《青春》《汉诗》等刊。

每当皮屑降临

我们是以这种方式完成

每一次的进化

过去的使者，在角落里低语

它们的降临

构成了将死未死的沟通

我们自以为是的计算与琐碎

而它们慷慨，制造出启迪之光

唱和无与伦比的抒情诗

构成一个美丽的圆环

它们是打开过去的拼图

我们在皮屑之间无序地碰撞

这宇宙的粒子

一片一片从缝隙中脱落

衍生出更多，能够覆盖我们自身的亲密

5G 的时代，毛茸茸的黄昏
关于丢弃的，关于失而复得的
它们已成为我们的一切
我们从来不肯缅怀

蕉　绿

我从来都没有见过一串绿色的芭蕉
它只是在我的心中，膨胀，旋转
你们不懂一串绿色芭蕉的忧伤
它应该生长在赤道的热带，或者北极的冰川
它永远不会属于我，一个亚热带季风的普通人
我拥有的，只是绿色芭蕉的忧伤
它在我心中，膨胀，旋转
是因为常有人对我说
"你应该拥有一串成熟的芭蕉"
像是天上的弯月
我将会成为人们口中的那个嫦娥
他们期盼我飞
不懂我绿色的忧伤

代梵的诗

诗人档案 | **代梵**，本名刘剑，1996 年生于云南镇雄，毕业于云南文山学院越南语专业，曾获中国校园"双十佳"诗歌奖，作品见于《诗歌月刊》《散文诗世界》《边疆文学》《含笑花》《昭通作家》《滇中文学》等刊。

寄回十一月

已经很多年了

有个说法，回不去的故乡

于我，不是问题

主要是回去见人

乡邻近亲，一箩筐酸咸萝卜

纷纷抬上门来

受用的是，偶值黄夜

良朋挚友总爱谈，一些谈不完的话

或者，合力推一堵推不倒的墙

舅舅忽然走来，来呀

来家里坐，自然是不肯地

宁愿在静得不能再静的夜

举起装满酒的杯，痛饮

诗兄骑马而来，一个眼神

使万头攒动的闹市，永久地惭愧下去

他穿着杜子美牌外衣，内里是苏东坡牌衬衫

其慷慨欲送我一件，我摆手

不如去一访陶潜，走了半天

只有最后的落日照着碑林

所走过的是奔波的街

整个记忆都待在门外的台阶上

途经疯人院的铁栅栏

诗兄用脚扫落叶

直到进了饭店

我们一齐抱怨

漂着菊花瓣的鲜鱼汤

怎么吃呀？

河流上的摇篮曲

这地方，黑夜难以到达

太阳的光还停留在地球上

因为人们的眼睛并没有瞎

一只只眼睛飘在空气中

寻找纯洁无忧的童年

河面柔软的树枝散发着清香

栅栏围起来的石阶长着黑色苔藓

他散步，左一圈右一圈

像是要去朋友家，又转身

担忧起晾在房顶的衣物

天空这么小，每天的仰望
显得他瘦小的身影那样浩大
就像门前的一棵树，只要
你仔细观察，它粗糙的年轮里
必定长着一片树林，有时
冷风掐着他的脖子往前走
当遇到巷口那个破旧的座椅
他就会听到，童年摇晃的声音

卢酉霞的诗

诗人 档案 | **卢酉霞**，女，2001 年生于贵州纳雍。贵州民族大学在读。 贵州省作家协会会员。作品散见于《诗歌月刊》《星星》 《作品》《延河》等刊。

行　空

这一次醒来是在南方。南方不够温柔
只有阿猫阿狗
阿猫，阿狗，为什么耷拉着尾巴呜呜

为什么天花会散佚人间
簌簌而落
又在我体内长出

哦，我没有身体，旷野也不是我一个人的
树上长满了骨头还是没能结出像样的我

孟垚的诗

**诗人
档案** | **孟垚**，现在哈佛中国艺术实验室（Harvard CAMLab）做研究员。作品散见于《星星诗刊》《诗林》《作家》《诗歌月刊》《未名湖》等刊。

五月，衔在梦境之间

（一）

只有在那里——我必须独自前往

被反复引用的片段，在困住的时间里

说着"不要"。一片受力不均的唇

含着喉头滴下的颤音，和另一片

在瞳孔苦掘一枚八九点之前的太阳

（绳结耸动，关节的颤音是如此轻微

我们的手心依旧冰凉如一张冻伤的网）

（二）

湿漉漉的清晨，我微微开裂的

预言风暴的结晶。小夜灯的昏沉

滑行在被抽空了寒冷的黑暗，直到

遥远太阳的镜像（我们时代的可见光）
在百叶窗的尖端腾起。载着更轻的尘
钟声步步逼近——低八度，回音
缠绕深蓝中染上紫色油漆的小指
和弹动的花粉溶解于新风里的倒影

（三）

而你的眼睛，那睫毛覆盖下的
更深邃的森林。每一声随风的响动
顶端的芽就嵌入天空新的厘米
根，也向下扎深了一个拳头
阳光是那样轻易地成为金色碎片
散光，温度介于圣洁和世俗之间
当触摸时，就把我们的手指染成透明

（四）

五月啊，往日还在，衔在梦境之间
倘若低头不语，一个白日的降临
就会变得越发洪亮；而夜晚
是过去的昨天是将来的明日
是起飞的猫头鹰也是无从迫降的航班
黄昏时——浪潮成为鲜绿的土坡
鲜花给人安慰。当种子从手心滑落
我知道，有一个地方必须独自前往

清　明

在流亡的云中，一场雨
正缓缓将触角发酵
是与你饮一杯半土不洋的威士忌
还是选择不信鬼神——不说话
并非就信靠了科学
而是因孤独才更惧怕永在

树还未大，新芽也仍娇弱
麻雀内里的灵魂尚未安眠
这么多年了，你的影子
却从未如此刻一般，在无风中
变得年轻，和那些闯入者的私语
搅起潮汐般的回响

此刻的雨渐渐落下，旋转着
一排排潮湿的子弹
射击没有敌人的土壤
面对你，我本该尽力按压
那些回忆，让它与天空和尘埃
体面地在水痕中缓缓沉没

异乡的滋味，我们终已尝过
"而家园只是暂时的永远"

一遍遍，我数着石碑上
绽放的青霉，以为这样
足以证明死亡中的一线生机
等待记忆，呼啸着翻越太阳

谢健健的诗

诗人档案 | **谢健健**，1997 年生。浙江省作家协会会员。作品见于《诗刊》《中国校园文学》《扬子江》《星星》《诗歌月刊》《江南诗》《福建文学》《青海湖》等刊。曾获徐志摩微诗奖。

千户苗寨

夜晚旅程终点的灯被点亮了，
你，自上而下倒退回九十年代。
我购买超出限制的观光车票，
盘旋于山道，取你每帧视角的景。
观景台上的人群陷入迷惘，
对于异常慷慨的美难以相信承诺，
嘈杂中有一种同频的静默：注视
吊脚楼发光，建筑群像悬浮的热气球
漫延山峰，夹缝里流过的涧溪
晃动倒影提示着此刻并非静止画面。

下山的路变得很快，痴迷
忽略了细雨和风侵入单薄的衣服。
探出扶手，未名的树叶

会为我送来一只春虫的问候：
你星星点点的斑驳，是一只变异
色彩，以木屋作为巢穴的萤火虫。
登山的人不断从身边流逝，
路过原住民的医院、学校还有
更深处的棺椁，那儿没有光亮，
半山腰的你是座停航的船渡码头。

游方街上的路牌通往四面八方，
贴近山下人世的意味。夜，
至少为商业这个灼热的词，降温
回到少为人所见的从前。你爱自己
曾经被贫瘠煤油打亮的青丝，
会在风雨桥下摘下沉重的头饰，
以熟稔的气息浣洗溪水。回到黑夜，
你回到一种闺中待嫁的宁静——
我只遇见过，但难以久留，
我懂得生活就是遗憾的别名。

治 愈

——致泉州

直到完全成年你才回到祖地。
第一次坐上南下的高速列车，
你看见河流从桥梁下入海，
不知疲倦，为了回到最终的归宿。

临到站忐忑的时刻，忧虑方言
是否已被经年的迁移磨损。
保留着腔调间迷人的港台尾音，
你注视城市像一座炽热的发声建筑。

杏黄的房子，曾经流动过红壤，
凝结成不透风的音墙。开元寺的双塔，
是广播的信号天线，播报你来
走过繁闹的西街，它跳动的心脏。

提前进入夏天使你脱下外套，
卸下在故乡，熟稔的沉重包袱。
有一种轻盈伴随着观光车，
行驶在分辨不出年代的街头。

你漫雨的昨日，露出疏漏的间隙，
经历过梅雨季洗礼再被暑气烘干——
钟楼的阴影被黄昏斜映得很长，给你
天空的安慰，还有土地的藕断丝连。

那曲一夜

——在死亡的边缘

海拔临近五千米的城市。洗浴城
的华灯初上，吸引大巴从一条

广阔但令人喘气困难的天路驶来。
像遮蔽了念青唐古拉山的一小段，
远处曾经有过低矮的黑色建筑，
一阵入城的滑行使它们变得高大。
氧气，每分每秒都随雪线升高流逝，
头疼的症状持续一整夜，失眠，无梦，
即使是疲倦也不能抵御这缓慢的谋杀。
你，一个苦痛的幽灵，游荡在夜
和死亡的边缘，搭讪面容粗糙的前台：
她为爱情嫁到这危险、荒凉的小城。
经过多年和呼噜与磨牙声的吻合，
终于明白了爱是忍耐，习惯，获得
长足的睡意——那永不落空的身侧。
你察觉到自己与人世的间隔，因此
才被流放到这片毫无安息可言的土地，
在此刻猜测入眠或死亡，会在下一秒，
还是下一个峰顶积雪重新闪耀的天明。

闫今的诗

诗人档案 闫今，女，1995年生于安徽宿州，现居合肥。有作品见于《诗歌月刊》《清明》《诗刊》《人民文学》《星星诗刊》等刊。

花的阴影

想象中的花田也令我腮内发酸，它们过于密集了好像我
咬下一大口面包后不得不艰难地咀嚼，咀嚼时持续发酸。
我走向远处的篝火堆，曾经它熊熊地燃烧而现在只剩
烧黑的木棍，几个孩子留下的痕迹活不过今晚，
更远处的村庄也在回避——花田凭空降落犹如皂荚果的
汁液滴入油污之湖。它失魂般坐着，任由黑暗裹上盔甲。

悲伤的镜

独舞，在独居系统的内部，跳跃造成的舒缓的颠簸拖动脚镣，
必要之镣，如同玫瑰永被缚在茎的培养皿上，如同惊叫之于
睡梦，液态之蛾汩汩不断地流入吸顶灯。其实是圆舞厅，
是多枝的银质吊灯，其实是双人舞，和她不固定的虚幻的舞伴。
每天晚上，他们从储物柜的顶格横步/超长步至窗台，在通往

自由的入口用力刹住，当她返回，全身镜的底片只留下残影。

第六片海

海鸟……说"响彻"很不准确，我一失神那些叫声就消失，飞翔着翻转着的叫声渐远/淡出，无法为观光者占有。有人拉小提琴，在海边的餐厅走廊——巨型岩石上，他把乐声向外推离自己的身体，用餐的人们随手揽下一嗅，放开，如同放开一个正在游泳的人。于是乐声传到海鸟的阵营中去了，文明的和野生的这样交汇：浅水区的人竭力往深水区一跃，深水区的人竭力往禁泳区一跃。

张雪萌的诗

诗人档案 | **张雪萌**，女，2000 年生，河北石家庄人，现就读于暨南大学。作品散见于《青年文学》《星星诗刊》《诗歌月刊》《诗选刊》《江南诗》《作品》等刊。出版有诗集《猎夜歌》。

车　站

从未将它视作目的地，尽管

每日的疲惫准时涌入：一个途经的匣子，最好

洁净、不拥挤，细心地备有厕纸

去维系恋情，骑士

去为下一单生意，成功者

去把脑袋靠在玻璃

发一会儿呆，不为了什么：沿途植被

匆忙披覆上苍绿，翠绿

南境以南，越发浓酽的涂层。

目的摆动起手脚，催促着

在准点时刻抵达的拥抱

磁铁般吸住彼此，匣子里

两个靠近的发条玩偶。凌晨时分

它停下咀嚼，消化尽体内的蚁群

大理石地面，重又映出吊顶的镁光
钟摆。偶尔尖锐的播报。角落里
那个疲倦如麻袋的工人。
都哪里去了？先生。女士。
先生的女士，至于那位，我们更不曾打量过的
灰鼠一样钻进地铁的父亲。
在我们身后，空荡如遗址，久伫
像世纪尽头传来的，一句嘲讽。只有这匣子
未竟的目的地
消隐着。挥手，外乡的塑料玩具
泪水，必要的寒暄与喊声。

旅　途

蜕毛天使拖着折的翅膀
一个德蕾莎来过，再多的
就找不到自己的史诗。旅店外
铁轨消瘦如刺，结队地飞过黄绿色蠓虫

一百个行人踩着流水的病体
正在歉收，正在发炎。也许
花间还有一百〇一名小小歌手。命运是个
概率学的差生

世界俯身亲临，骤然
跌降的黄昏。谁能如此失望

像田野沾满绣线菊的眼泪
一整晚，我们湿漉漉的绝句

彩霞也都老了，不比新大陆
出落得像我魅惑的情人。我行走
只想将皮肤吩咐沿路的芒草。恼人的
爱如此，一点点，结着新鲜的疤痕

速　写

大排档的灯牌灭了一块
偶得的谜语与暗喻无关。食客们步出饭厅
屋檐下烟蒂的丛林，明灭如信号灯
腥气和瘴热从沥青地面腾起
淋湿的文件夹，有人快速穿过马路，想想是谁
捂紧怀里失落的名声。低于我伞面的：
孩子彩色的小雨鞋。金边蟾蜍。水泥小溪。
排水道口发亮的镍币，让人想到
遗失它的主人赶往工位，神色匆匆。
合奏。以上片段非常快地：
认领了雨的声部。如弹丸
好诗圆美流转，一柄荷叶，耐心分拨水流的样子。
事物在低矮处削平了自身。
世界在水中。一只苍老的绿蜥蜴
甚至有时，缓慢的让人忘却了它的爬行。

张玮婷的诗

**诗人
档案**　张玮婷，女，2000年生于辽宁沈阳，现居四川成都，西南交通大学人文学院中文专业2018级本科在读，有诗见于《诗歌月刊》。

短暂地热起来

在我的右脑，刺耳的坠物声划破平静
噪音冒着尖，提醒我

必须睁眼看看，沉寂是罪恶的事情
头发缠住一根脚趾

动起来的样子像蛇，摆脱蛇的蠕形
做人的苦衷都留在皮囊里。

清晨的，四方的室，还是箍紧我
于是有些想起来，发现嘀嗒着不明事故

我还是要铲破泥土，连带花束一起掀翻
那花儿是被公认的，或者心照不宣

活得太长。偏偏挤在阴影里
角落处，可以不必呼吸，
与死亡相互惦念

花儿也是一种形状，更是群体
我游走在植物丛中，却不能再怜悯

思想短暂地热起来
向着成熟而发的目的，偶尔是坯子

2021·高峰

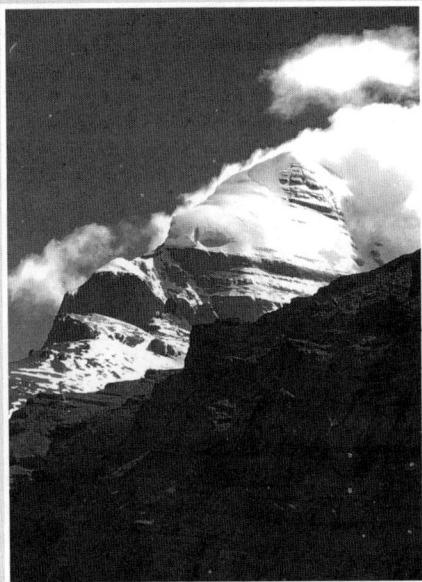

主持人　姜念光　远人

（按汉语拼音首字母排序）

艾子　安琪　白兰　柏亚利　北塔　笨水
蔡赞生　曹谁　程维　大枪　东篱　樊子
范明　冯景亭　甘建华　高凯　龚学敏　谷频
广子　郭辉　黄惠波　黄亚洲　姜华　姜念光
蒋雪峰　蒋志武　乐冰　冷眉语　李不嫁　李皓
李南　李浔　李勇　梁尔源　梁梁　林忠成
凌之鹤　刘合军　刘年　刘清泉　刘西英　龙晓初
鲁橹　陆岸　罗广才　罗鹿鸣　吕本怀
马端刚　马启代　马萧萧　马永波　梅苔儿　聂泓
聂沛　牛梦牛　彭惊宇　钱轩毅　如风
弱水吟　邵纯生　石玉坤　苏启平　孙启放　谈雅丽
汤红辉　唐诗　田暖　田耘　凸凹　涂拥
王爱民　王彤乐　王小妮　王志彦　王子俊　温青
吴乙一　夏杰　湘子　项见闻　肖照越　小引
徐敬亚　雪克　姚园　远村　张德明　张笃德
张雪珊　赵目珍　郑德宏　钟静　朱建业　庄伟杰

行吟诗中的阿基米德支点

姜念光

中国当代诗歌每年的选本有数十种之多，面目纷呈，声色繁杂，而专门组织这样一部"行吟诗选"，既是首例，也确有必要。我以为，它除了对一种诗歌类型进行专门的提拔之外，更多的用心则来自旨趣关怀、方法取向、写作姿态和美学理念。此辑作为整部诗集的主体部分，收录诗人近百位，篇幅占到全书约四分之三，充分体现了编选者对当代汉语诗坛创作活跃、实力出众的中坚力量的殷殷初衷。

作为一个诗学概念，行吟诗其实拥有一个宽泛的范畴。题材上，举凡山水、自然、田园、风光，在在皆是吟诵对象；落笔处，行踪所至、耳目见闻、心灵感触，每每获得比兴的泉涌；而在日常生活中，触目的现象被新奇的目光捕获，勃发的情思被汹涌的时光席卷，山河咫尺，就地神游，化而为诗，也未尝不是另一种行吟。当然，本辑中的作品，大多集中于山水和游历，这的确是行吟诗的基本形式，并由此连接着中国山水诗和游历诗的光辉传统。

从《诗经》开始，山水诗和游历诗就是中国诗歌的主要题材了，不但出现了谢灵运这样专力写作并使之成为一个专门诗歌类型的诗人，而且每一个时代都有伟大的山水和游历诗人，每一个伟大诗人都有伟大的山水和游历诗。从创作方法、写作姿态和作品内容上说，李白终生的写作甚至都是"行吟"，他足迹中的一百多个地名、二十多条路线、一千多首诗歌，使他完成了神话般的一生，并成为中国文学史中最伟大的诗人之一。而我们同样熟知的杜甫、苏东坡等，他们最多的、最好的作品，也集中于他们的"行吟"部分。及至现当代汉语诗歌，基本上我们数得出来的优秀诗人，也都写有大量的山水诗和游历诗。纵观传统，横看当代，我们会发现，好的行吟诗，除了描绘事物和画面、对山水风光进行诗意再现之外，更重要的其实是通过自然表象，表达对人类生存、对世界境况和生命情态的具有美学高度和哲学深度的独特感悟，也就是所有好的诗歌作品中的山水风物，都是人格化的山水风物。而作为诗人，他正是通过对自然、对山水、对景物的观察和体验，实现了一种带有普遍意义上的自我观照。

"寻山如访友，远游如致身"，据称这是友人称赞徐霞客的句子。我特别喜欢这两句话，并把它作为行吟诗的根本主题，如果用一句话来概括，我愿意如此表述：所有的远游都是为了归来，所有的行走都是为了到达自己。我们在大地上行走，在山川、街市和人群中行走，光阴潺潺，屋宇俨然，长林丰草，正像做整天的功课，进行整天的阅读，既是获取知识，更会从中领略到一种生命状态，或疾速，或徐缓，或幽深，或严整，或空虚，并且以此靠近一个我们内心深处一直向往的生命形象，那正是理想的自我。行吟诗的写作，正是要表现这一过程，在语言的锤炼、修辞手法的运用和准确深刻的叙说中，完成对生活、对世界、对自身的观照与确认。这种思想的来源，中国哲学中有一个极为重要的概念，即"天人合一"，而现代西方哲学中也有"在家"的隐喻，黑格尔说，"在世界中在家"，意思就是理解每个事物，并与其和谐相存，因而能够在每个事物、每个地方"在家"。我认为，对于行吟诗的写作来说，这是最重要的出发与起始之处，堪称一个阿基米德式的支点。

另外，现代文学及现代诗，起始于对个别的自我的肯定，但它又必须追求普遍的东西，它既和个人的现实生活相关，也和普遍的真理相关。所以，好的诗歌应当是，也可以是，"既保留了自我，又把握了世界"。关键在于，要将自己的意识、情感与知识背景参与进去，抱着对人间烟火的勃勃兴致，对喜怒哀乐的深切体贴，对事物兴衰的感同身受，对希望与未来的期待与信任，以及对危险的清醒辨识和对黑暗的愤怒控诉，去表达属于自己的同时带有普遍真理性的心灵经验，或者往更大处说，中国经验。作为整体的当代汉语行吟诗的创作，是否应当具备这种精神姿态，这是否同样堪称一个阿基米德式的支点？

艾子的诗

诗人档案 ｜ **艾子**，出版个人作品集《寻找性别的女人》等五部。曾获 2019 两岸诗会桂冠诗人奖、第三届博鳌国际诗歌年度诗集奖、2020 年度十佳华语诗集奖等奖项。中国作家协会会员、海南省作家协会副主席。

江苏初雪

不用呼唤

你尚在酝酿冰云

一行大雁已飞临南方

它们飘落的羽毛，有一根

恰好落在我的嘴唇

我感应着你的清凉 缠绵 轻柔的呼吸

怀抱山河的狂妄

无声的侵犯 覆盖

万物萧瑟的景象冲破盲区

在你洁白的棉被下

孕育春天草木生长的水分

我迷惘在你漫天遍野的浮云中

你坐着风的轿子

一路目光流连　垂爱三千
我用文字点亮天上的灯
也无法将你从二十四节气唤回
我疼痛地躺在你的江山中
丈量与你的距离
注视你的白　寒气　冰凌的锋芒

雪

我要回我的壳里去了
我要修炼三百年
再来接受你跨越千山万水的爱
在美舍的晨曦中听鸟鸣

天还未透亮
就听到它悦耳的鸣叫
穿过浓浓晨雾
唤醒盖着绸缎被子的美舍河
给早起运菜的菜贩和扫马路的工人
献一首天籁之歌

我猜想这是一只幼鸟，怯生生地
踩着黑与白临界的按键
时断时续　奶声奶气。……
后来有一两只加入
有时合唱，有时分主唱与和声

清脆 婉转
饮过晨露的歌喉
比高山流水更清澈，更能推开
花的房门

它们推开了美舍的门，使我在晨光熹微中
得以欣赏它们的美——
这些灰色的小生灵
从这棵树跳到那棵树
像几个音符 起起落落
用布鲁斯音阶
演奏爵士乐曲
似乎每一棵树都等待它的眷顾
等待它教会每一片树叶
为清风弹唱
为晨曦起舞，为人们打开
新一天的帷幕
让阳光和它们的歌声
洒遍人间

每当这时，我就从心底里原谅了
它们时常撒在我车上的鸟粪

日月湾的下午

一群比秋天更丰腴的女人，在沙滩上

玩自拍，她们都相信自己是最美的一个
桃子长在脸上
阳光运来金子，浪花撕下一片蔚蓝
给她们当纱巾

我在礁石中低头拾贝壳
抬头采浪花
拾到一颗"月"形的小礁石
欢呼雀跃，恰似少年
拾到一颗太阳形状的小礁石
日月同辉，手舞足蹈
我回到6岁
又拾到一颗日月的孩子
——通体透明的鹅卵石
当我快乐纯粹得接近奶瓶时
诗人彭桐催促——
快走快走，其他人赶时间去机场
我匆匆把奶瓶藏进海浪
当快乐缺钙
全世界都抛弃我时，我相信
日月湾一定把奶瓶给我

茶师黑多俯首静心
正以禅道之念
侍奉乌龙茶的天地灵气
呼吸比一只蝴蝶轻柔
空灵 循序渐进

手腕上的银手镯
使茶香在古典茶修中弥漫

武夷山的茶树
记得她的每一片叶子
她们闻香而来
围坐成百亩茶园
万顷绿毯铺开
千叠绿沼　玉石泛光
母树清点她的子孙
这棵叫青衣　那棵叫晨露
一汪新泉经她们的指尖注入杯盏——

远处的虫鸣正在做午祷
山水与树木亦在应和着福音

安琪的诗

诗人档案 | **安琪**，本名黄江嫔，中国作家协会会员。《诗刊》社"新世纪十佳青年女诗人"。独立或合作主编有《中间代诗全集》《北漂诗篇》等。出版诗集《极地之境》《美学诊所》《万物奔腾》及随笔集《女性主义者笔记》《人间书话》等。

过尼山

祈祷的人
尼山早已无丘，你的祈祷因此失效

我相信当年当日
颜征在曾祈祷于此，那时她年轻，脸颊羞赧
内心铺开秘密的呓语
一颗圣人的种子，在祷告中滑向躯体深处

时光急行也罢，缓走也罢
我来的时候圣人已经 2565 岁了
我知道他还将继续存留人世，年增一岁
我还知道，当我离开人世，我将不存。

凉风收起羽翼，过尼山
残阳突然飞起，过尼山
看啊，满车红尘中人，齐齐向右，张望尼山
他们终将相忘于江湖
各自回到各自的土屋

他们没有尼山可供寻访
他们此生的落寞，圣人也无法排解。

屈子与汨罗江

夜晚来到汨罗江
一片心惊，江面比想象中旷阔、荒凉

无灯的桥上
卡车轰隆隆驶过，脚下的大地
在震颤。汨罗江、汨罗江，你
比我到过的任意一江来得沉重

阴郁！

你沉过一具
伟大躯体的水此生再也做不到
无知、无觉，当他走进了你而你也
接纳了他，用死亡的方式

你是一条与死亡建立联系的河
他已用他的死改变了你的命运

他也是一条河，一条
文字开凿的河，其实他一生的
期待无非是与他的王、他的国
相依共存

但他不曾如愿
他被他的王遗弃、流放
至汨罗江。他像撰写遗书一般
记录下的身世感慨、他悲悼郢都被秦军
攻陷、他向天发出的质问……纷纷涌涌
构成了一条现实主义写作之河流传至今

这一个悲剧中的悲剧中人用他的死
使一条江，从无数条江中区别出来

登鹳雀楼，愧对王之涣

与其说你想登鹳雀楼
不如说你身上的王之涣想登鹳雀楼
每一个中国人
身上都居住着一个王之涣
当然还有其他
每一个中国人到了运城

到了永济

都想去登鹳雀楼

与其说你登的是鹳雀楼

不如说你登的是王之涣楼

每一座被诗歌之光照耀过的楼

都永垂不朽

都亘古长存

这一日你登鹳雀楼

此楼已非彼楼，彼楼已被王之涣移到诗里

留在原地的，彼楼的肉身

早就消弭在成吉思汗的铁蹄下

这一日你登鹳雀楼

登的是一个符号，一个钢筋水泥的符号

黄河东岸

浩渺山川

倘无此楼，则鹳雀何处可栖息

天地以何为标志

黄河东岸、浩渺山川

倘无此楼

则王之涣如何慷慨有大略、倜傥有异才

则你到永济

如何以楼为鉴，照见自己的才薄！

奔赴郏县

是处青山可埋骨，他年夜雨独伤神。——苏轼

雨
在柏树间寻找放它们入尘世的人

588 株柏树，侧向西南，以致夜色
也跟着侧向，以致夜色中的雨，也
有了一副，西南的面孔

西南，西南，眉州的方向
故乡的方向！但你不是已命名此处青山
小峨眉了么

这是你自己选定的归宿地
郏县，茨芭镇，从此多了一个以你姓
为姓的村落：苏坟村。又深又厚的泥土

先是有了你，再有了你弟弟，然后
有了你们的父亲，有了你们的亲人
又深又厚的泥土，适宜埋尸种骨，适宜

夜雨，也适宜清风。这是郏县的荣幸
世界之大，是郏县，而不是漳州，被你选中

以致我高铁奔赴，前来瞻仰

先生，我来看你的时候
神道上的望柱、石马、石羊、石虎、石人
已磨损得很厉害，黄土垄中，想必你也

早已无存。但这有什么关系呢？
你又不活在一具躯壳里，你活在你的诗里
词里文里你的大江你的明月里，你活在——

每一个千里迢迢奔赴郏县的我们里

白兰的诗

诗人档案 | 白兰，原名程岚，诗歌散见于各种诗歌杂志，作品入选多家年度选本。著有诗集《爱的千山万水》《草木之心》。

准噶尔盆地

一匹马跑过会留下骨骸

一只蜜蜂找不到最后一朵花

一只老鹰看不见一只兔子

我若想描述

必须在 38 万平方千米的大戈壁上遇见一个巴依老爷

它的维吾尔族语

有着大戈壁的起伏

这红柳和胡杨紧紧抓着黄沙

这荒凉

消磨掉了一颗流放的心

当我乘坐的车子在准噶尔盆地上奔跑

我最担心

一个人孤零零地活在这了无人烟的大戈壁上。

在五彩滩上看落日

整齐一致的沙滩　走也走不完的戈壁
是专为落日准备的。

五彩滩上的影子是一种蛊惑
额尔齐斯河
备好了最大的安谧
太阳在天上累了
就到水里。一只红鸟在水里诞生了
看见它的人都想跳进水里。

盛极一时的大美让我忘记了故土的贫瘠
让我　没心没肺地原谅所有的薄凉
多么庆幸遇见这样的照耀
它盛大的光
把我一生的阴影都照没了。

在此时　我的影子拉得很长很长
我一动
我的影子便飘过了浩大的树林
那整齐一致的沙滩
也伸向天边……

呼伦贝尔大草原

这草原像一袭长袍——衣袖连着天。
天边处有青草
风像一只大手
捉着每一条河流……

若以青草计数　这草原太苍茫了
麋鹿消失
跑来马群
涌荡不息的是白桦林
太大了
风在草原上和兔子一样不停地迷路……

铁木真曾是草原上的一只豹子
他率领的铁骑一次次把草原踏碎
春天一来
草原的伤口就愈合了
我来之前　草原已经翻了无数次身……

总觉得马群在拉着草原奔跑
总觉得　草原上长满了一个人的风光
一个人的伟业太大时
时间是埋不住的
我看草原时　不由得做了它的臣民。

冷兵器时代的长刀挥落了长风　马群把草原追得很远
草原就像一壶水
一会儿沸腾
一会儿平息。

在草原上总能看见苍鹰

在草原上总能看见苍鹰。先是看青草
看流云
看白牡丹一样盛开了又消失的羊群
大多时候看着看着就看到了苍鹰
一只　两只　三只……它们平行
俯冲　帝王一样
人类在它们眼里一定很卑微

千百年来都是这样：我们仰着脖子看它们
苍鹰驾驭着风和我们的眼睛
大摇大摆
在它们的俯视下
我们兔子一样拾掇着潦草的人生……

北塔的诗

诗人档案 | 北塔，诗人、学者、翻译家，世界诗人大会常务副秘书长。有作品曾被译成马其顿等 10 余种语言。已出版诗集《滚石有苔》等各类著译作约 30 种。

雪　夜

当我抵达陌生
白天已经被雪覆盖
在被阴影碾碎的过程中
渐渐变黑
又被黑暗团成板结的一大块

我的国度已进入睡眠
我还有多少时间
用来在比斯特里察的街头，寻找
白雪公主遗落的头发
像无数的孤儿
蜷缩在一个个没有月色的角落

我的眼睛火光冲天

但我害怕，在我发现雪的孤儿后
他们会消失得影迹无踪

被废弃的教堂

一件神圣的袍子
终于被酒吧街抛弃
不是因为破
甚至不是因为旧
而是因为被一场世俗的火
烧了一个洞

东征归来的骑士
把马背上的一面面旗帜
取下来，插到它的心头
炫耀手艺的胜利

它透风的胸怀里
还有足够的空间
供我们涂抹
以看到自己的影像
供我们歌唱
以听到自己的回声

在它逼仄的内部
我们依然可以上升

站在它的肩膀上
我们依然可以俯瞰
市井，甚至周遭的群山

那在石碑上斜躺着的
是被文化冻僵了的福音
像一条冬眠的巨蟒

罗马尼亚之星

烟头上的天黑了
歌舞里的天空却还是蓝的
蓝色的眼睛并不因为要告别大地
而变得更加忧郁
那些忧郁的民歌挖空了我的前路
正如狗吠掏走了我的村庄
炊烟掳掠了我的故乡
今夜，我将在你的注视下
绕着你的影子小跑
直到我把冰跑冷，把雪跑白
把爱情的吸血鬼赶出自闭的棺材

我将像一张刚刚被褪下的蛇皮
在你的光芒照射下渐渐暗淡
我将像一片偶然漂移到你身边的云
被你袖子里的光柱撞伤了软肋

柏亚利的诗

诗人档案 | 柏亚利，中国作家协会会员。有小说、散文、诗歌发表在《新创作》《湖南文学》《作品》《飞天》《安徽文学》《山西文学》等文学期刊。出版中短篇小说集、非虚构文集等多部。

水

湘江边，这座城市像英俊少年

有着柔中带刚的美

这里制造飞机的发动机

可以把水的气息引向蓝天

多年以后

这里成为造电力机车和高铁的重镇

水，滋养了一方

小时候

我和外婆到江边看景

捡回鹅卵石放盆里养水仙花

水，就在石头里写下记忆

随着父母支援"三线建设"

我到了"湘西门户"的沅陵

这里的水蕴藏量居潇湘之首

长大以后我才发现
水，给人比石头还坚硬的记忆

山

层峦叠嶂如海洋
沈从文这样形容过：
"沅陵，美得令人心痛"
极目青山绿水
镜头也无法捕捉的美
我在山里见过四人合抱的大树
也见过大如磨盘的蟒蛇
在城的西北处
有座让人顶礼膜拜的二酉山
被称为中华文化圣山
相传秦始皇"焚书坑儒"时
朝廷文官伏胜冒死藏书千卷在山洞
中华五千年的文化得以传承
"学富五车，书通二酉"的典故
就出自这里

笨水的诗

**诗人
档案** | **笨水**，湖南祁阳人，现居新疆乌鲁木齐。

塔克拉玛干

来新疆，你能看到最多的石头
在塔克拉玛干
那些沙，便是世上最小的石头
来新疆，你也能看到浩浩荡荡的水
在塔克拉玛干
那些沙，便是世上最硬的水

我要去看，草原深处那匹马

我不会去骑
景区骑马处那些马
我觉得那些马，已不是马
那些骑马的人
也不是骑士

更像一袋袋面粉

我也不忍去看那些马

我一看到那些马，就想起

自己，或者某些人

我要去看，草原深处那匹马

广阔的草原上，就它一匹

静静的，低着头

眼睛明亮，蹄子干净

身上没有鞍和缰绳

只是一匹单纯的马，哪怕是一具马肉

我就喜欢

看，白云喂给它整座草原

看它挑好的吃、嫩的吃

吃得撑撑的

肚子疼，不知羞耻

看它，尾巴微微扬起

屁眼翕动着

把一坨坨马粪，啪嗒，啪嗒

盖在一丛白花上

蔡赞生的诗

诗人档案　蔡赞生，广东省作家协会会员，汕尾市诗歌学会副会长。先后在《星星诗刊》《诗选刊》《绿风》《作品》等刊物发表诗歌、散文、评论等 1500 多篇（首），出版诗集《一生的神》《指尖上的诗》《鹰飞过的原因》。

笨鸟的天空

并非天空才是眼中的栖身之所

感谢生活，公平地为每一只

笨拙的鸟儿

准备了足够低矮的枝杈。

生命有时担当不起

梦想家的王座。包括为飞蛾预备的篝火

就像我想起远方的那一瞬间，下意识地

紧紧衣袖

抡起负重的羽翼，画出一道弧

然后定格在半空。风

也停止了拍动

沿　途

沿途有村落就有幻觉
不仅是我一个人的喜乐
无法复原的时间里
一马车驮着空空的米袋
越走越远

夜晚把我带入各种可能
我的面孔愈见辽阔
一侧在白昼，一侧在你的河边。

把词语和天空连成一片，
把两侧的脸撕成更远
还发现，你的镜框下
是我全部的花园。

我不相信远方不相信蓝天，
星星也不是枕边或梦呓。
我只相信镜片，相信你
只有存在的一点意义浸泡在水里。
我在这一侧。此刻的生命
是一架倚靠在白昼爬上夜空镜面
的云梯。

居无定所也好。双脚，拥有一段
远方不曾涉足的夏日
身体，进入别人诗句中

怀念一棵树

总有一场空旷的舞蹈让我托在手掌
花簌簌而下。
不再需要去辨认
我甚至停留四十年的欣赏
如同漫天飞雪的梦幻

张开眼
一棵树在同一个时间点燃
露出闪光的肋骨，分明是从我身上取下的。
我知道疼痛的原因，是生命的本质
不明白人们为什么不肯去相信
会有二度空间

大地在河流以下，而树一直植在云间。
要医治一生的扭曲和贫乏
说飘下就飘下的雪，总有一根树杈
在挽留
优雅一如遇见
消失于一棵树前

曹谁的诗

诗人档案 | **曹谁**，原名曹宏波，作家、编剧、诗人、翻译家。系中国作家协会会员、中国电影文学学会会员。著有诗集、长篇小说10部。获首届中国青年诗人奖、第四届曹禺杯剧本奖等。

帕米尔堡的雪国

我们降落在万山环绕的白色雪国

水晶般的雾凇盖起毡帐

六菱形的花朵列队欢迎

这里是哈萨克斯坦的大海

这里是吉尔吉斯斯坦的雪山

雪之妃曾经囚禁的地方

雄狮王曾经怀念的地方

如今我终于来到雪国

雪山中却再没有雪妃

我们安坐在雪国的中心闭上眼睛

冷风吹过我嗅到你的气息

雪花飘过我感到你的呼吸

弧光闪过我捕捉你的身影

一个幽幽的声音传来

雪妃一直没有离开过
王子却一直没有到来
我们的飞机在此时升入空中
我睁开眼看着大地
一个披着红色大氅的女子
在雪国飞奔
我突然间泪流满面

雪 国

大雪把所有的山口都封死
我们纵马在天地之间奔跑
马背上的笑声在风中飘荡
你的唇如野玫瑰一样血红
我的发如黑烟雾一样弥漫
我们在河流的两岸相望
我们是隔着两个人世在张望
我们在古堡的内外相望
我们是隔着两个世界在观望
我们恍然晕眩
在一瞬间经历爱恨情仇
在一刹那体味悲欢离合
我们同时伸出手
冰雪在指尖传出彼此的心跳
我们就这样并马前行
在这雪国度过一天

从日出到日落
一旦醒来就将结束
这一日就是一生

程维的诗

诗人档案 | **程维**，诗人、小说家、画家。获第八届庄重文文学奖，首届天问诗歌奖，首届滕王阁文学奖长篇小说奖，中华好图书奖，第一届、第三届、第五届谷雨文学奖，第二届陈香梅文化奖，首届江西省政府优秀文艺成果奖，首届中国长诗奖等奖项。

老人街

胜利路不可避免地衰老了

深秋的太阳晒热了街面，吸引着

一茬茬老人，他们怕冷的身体

需要更多温暖，再多一点，可

所有的建筑物都是冷的，包括脸

这个冬天该如何度过

地铁也绕开了它，像某种遗弃

城市建设跨江而北，再移至九龙湖

那里有省府、国体中心、西客站

绿地楼盘、前湖宾馆、仿卢塞恩小镇

我每次进城都会去胜利路走走

路面上一摊积水，仿佛老街的镜子

飞一样的少年，一掠而过
只剩下锋利的暗影

屈原氏从赣江大道走过

彼空负诗人之名，徒作行吟状
吐出来的，都是废话，略胜诗刊一畴
又以卑微之态，贴在微信上
让人耻笑，彼是不可名状的倒影
是风从高楼上飞过的擦痕，是玻璃的
反光，不会刺中目标的杀手
如此老态龙钟又窃窃私语的自行车
既单独又以共享的名义消费在春风里
我看见屈原氏从赣江大道走过去
彼扛着鱼竿，手拎旅行包，屁股上还
晃荡着一串大小不一的钥匙
令我惊奇的是，彼竟盗用了我的面孔
我紧追上去，挥动着口罩，要彼戴上

大枪的诗

诗人档案 | **大枪**，昭通学院文学研究院研究员，《诗林》栏目主持人。诗作散见于《诗刊》《星星》《诗选刊》《诗歌月刊》《创世纪》等刊。获得首届杨万里诗歌奖一等奖、《现代青年》年度十佳诗人、第五届中国当代诗歌创作奖等。

黄河口红柳

任意一个季节来到黄河入海口，它都不应
成为亮点，是我把自己做成一个唐突的发布者
第一眼发现它时，我就预谋为它勾勒一幅素描
这是一株身高和谦卑成正比的灌木，如果把
大海比作都市，我肯定在城郊接合部某个菜市场
或出租屋边上看到过它。要抵达它的声音
首先要放低你的头颅，略过你面前的一万顷大海
和海上有着完美飞行技巧的翅膀，你才能真正
抵达，抵达这细瘦的枝干，细碎的花和叶
我在某一瞬间为它的弱小感到揪心，在巨大的
蓝色板块面前，作为一个有备而来的观光客
都会感到一种突如其来的冷，或者恐惧
但当我的眼睛聚焦于它的红——红棕色的肢体

细细密密的红紫色花朵，又会释然于我的忧虑
它让我想起北方红狐，一只汉文化灵感之源的精灵
因此，在我决心低下身来时，它就注定不会被遗忘
也许我的叙述太过偏爱，但态度是恳挚的
假如有别的诗人去到黄河入海口，我甚至会担心
他／她将会为其消费掉一个眼神，我已经有些嫉妒了
虽然相比其他被赞美者，它可能并不是一种
值得去拔高的生物。在盐碱遍布的大海边生存
或许仅仅是为了比大海拥有高一厘米的呼吸位置

东篱的诗

诗人档案 | 东篱，居唐山。写诗，拍鸟。著有诗集《从午后抵达》《秘密之城》《唐山记》。

夜宿金山岭

历史任由野花和野草打扮
否则就太没意思了

那个叫戚继光的人
据说修了很多类似的大墙
初衷是挡坏小子
但爬过墙头的
往往都是坏小子
坏小子已老
而历史还直挺挺地
戳在那儿

如你所料
金山岭并没有金子
即使夕阳有根金手指

即使把最后一桶金

全部泼给它

它只在遥远的故乡

所有的命名

都不及乳名

中秋临近

明月无须邀请

就古镜般架在了垛口上

黑暗中的事物

——现身

首先照亮了我

那颗卑微的心

蝈蝈开始拉锯

破损的，或锈蚀的

仿佛锯着一截儿旧门框

时断时续

大墙下，清辉中

我将度过这

波浪的一夜

呼伦贝尔大草原

这一刻，所有翻滚的云朵都成了积木

神的无聊在于，不断地推倒重来

执拗地建构着草原以外的任意景象

这一刻，大地患了强迫症
身着草绿色，耳畔唯闻浩浩荡荡
风吹草低见牛羊，不过是一次开小差

这一刻，我爱上了莫尔格勒河
它以扭曲为美
同时爱着天的蓝、云的白、草的绿
和花的红、黄、紫
这一截儿花花肠子
这一条发着光的蚯蚓
正由着性子
在草原腹地穿行

樊子的诗

诗人档案 | **樊子,**1967 年生，安徽寿州人，现居深圳。油印诗集《微雨》(1987)，出版诗集《木质状态》(2009)、《怀孕的纸》(2016) 等。

蛇

如果大地的暗处有一处缝隙，我会想到一条蝮蛇
想到冬天过了，它该要出来饮一口水了

春天已经来临一个多月了
它还在懒睡，哦，春光，暖洋洋的睡梦

我可以忍住饥饿
看银白的山梨和粉红色的桃树
在大地的明亮处生长
那些蜂鸟也在长大

但大地永远有它的裂缝与通道
还有一条弯曲的蝮蛇

我随一条河流走来走去

如果遇到一条饮水的蝮蛇，它惊恐，我也惊恐

这时光里，我遇到它三次，它
急需干净的水

闪　电

你好，闪电，在你没有出现之前
我可以把一棵花楸树说成一条心怀善念的鳄鱼么

你好，闪电，在你出现之后
鳄鱼才有了愤怒

它一旦变成了乌黑的云朵
然后裂开，会成为什么样子？

你好，闪电，你可以带一大片花楸树四处奔跑
千万别去拍打鳄鱼的脊背
它少年时候就学着我，四顾苍茫

枯　枝

我让暴风雪停了下来
让天空出现了彩虹和温暖
我知道稍早一些时辰

当死亡来临的时候
坚强的白桦树会和一只慵懒的熊睡在一起
我在一个山坡上遇见它们

我看到一堆枯枝，是雪松的
我要燃烧它们，我必须燃烧它们
厚厚的雪在火焰中会退去
我也需要温暖
需要一只兔子突然跳进我敞开的怀里

范明的诗

诗人档案 | 范明，笔名兰浅，《羊台山》杂志主编。诗歌散见于《扬子江》《诗歌月刊》《诗林》《诗潮》《作品》《汉诗》等刊。著有诗集《草地边上》等。

在海边

眼前的事物冰冷，坚硬
在大海的往返中
浪花可以诱惑黑夜的萤火虫
但海风将梦切割，廊桥孤立地侧身

树叶们热情地谈论
沉默不代表无动于衷
疾风撞碎的石头瘫倒在沙滩
最美的海岸也需要复原

闲谈已变得不确定
浪花舔着岩石未愈合的伤痛
而追光的梦加速着行程
理想的芳草一根根结成草叶集

海水那么远

远到风浪呼呼地沉睡，充耳不闻

预料之外的奇迹，时间在流逝

孤独有虚无的忧伤

苦也是甜的一部分

站在无边无际的岸

霞光渐渐虚弱

而爱的幻想，如闪烁的星

站在悬崖边上

秋天的山层林尽染

明媚的光

让静如止水的村庄抖动了一下

风声如雨声

树叶簌簌地交谈，它们的存活，生长

只要一棵树和一片土壤

直到凋零

都不需要多余的爱

山风给予的安慰足以度过一生

我与这些光有了某种联系

站在悬崖的边上

我的弱小不堪一击

山谷深不见底
我抑制住想飞的诱惑
握紧了拳头

当你醒来

腾出时间给清晨
比如带上小狗，在立冬的巷子里遛弯
腾出双手，为小事用心
把一盆叶子搬到阳台上，浇浇水
腾出耳朵，听鸟儿叽叽喳喳
蓝花草开出紫色的花
路过的时候，为了你而微笑
腾空杂念，做简单的体操
阳光慢慢铺开草坪
爬上两棵树中间吊起的摇篮
摇篮里大孩子抱着小孩子
风一吹，摇呀摇
小狗在前面撒丫子跑起来
跑远了，就停下来等你
再想想，还有不舍得丢弃的旧鞋子
它们曾经跟着你走过很多路
平坦，坎坷，得意，不顺
拥有和失去

当你回到家，从抽屉翻出旧笔记
那些墨迹已淡的文字跳出来
你不忍舍弃它们

冯景亭的诗

诗人档案 | 冯景亭，生于陕西吴起，现居西安，诗人，学者，园艺家。

追随者

那个阴沉的下午
拉卜楞寺的金顶镀着一层薄膜
他从逼仄的台阶拐下来
恍若他少年时，一个人走在幽暗的巷道

当他转过寺庙斜倾下来的墙角
赭红色的墙面，挡住了他快疾的脚步
墙壁上拓出的十几个高低不一的凹型
像一张张人的面具

天空又开始下起小雨，墙面静极
那凹型也静止不动
但他总觉得有什么东西，在眼前晃动
仿若火山喷发引起的地震波
从脚底，一寸一寸传上来

他不由得迈出腿，走向与他等高的那一张
他把双手轻轻扶在墙上，将脸贴了进去
那面具似乎在左右摆动
像一匹桀骜不驯的马

他在那里摆放了很久
他在把面具与他的脸
严丝合缝

黄河入海口

一只白鹳站在一根
高高的水泥杆上
像一个正在滩涂上隔离的人
我曾见过黄河纤细的身段
但很难想象，途经的衙门
会将它将码的如此肥壮
入海口不远的岸边
船身在无所事事地晃荡着
一个大树根
和它沿途顺来的战利品
从我眼前一闪而过
因为疫情，我已无法见证
面对突如其来的黄河
渤海如何保住了，它的清白

在大昭寺

绕行在大昭寺的八廓街上
转寺的人群像大海不断涌上岸的浪花
另一条仄巷里
商贩用尼龙袋在兜售草药和食材
一个脸上布满血丝的胖女人
疲倦地坐在街边的道沿上，夜色
从收拢的塔青向她压了过来
街上充斥着各种味道
金光闪闪的手将他们调和在一起
坚硬的青石在脚下溶化，翻涌
我听见心锤敲击胸腔的声音
门锁里，锁舌
舔舐锁芯的声音
街灯熄灭了
俄罗斯北部的小岛上，海象
白鹭般正从悬崖上飞起
玛吉阿米的窗口还透着昏暗

甘建华的诗

诗人档案 | **甘建华**，高级编辑，中国作家协会会员。著有《甘建华地理诗选》等诗集。主编《洛夫纪念文集·诗歌卷》等。

湖水幽蓝而又忧伤的青海

那群俗名黄羊的普氏原羚

在岸边的沙滩上，集体回头

望了我一眼，然后涉水

而向湖中，向着幽蓝的湖水

没有丝毫犹豫，一只，又一只

发足狂奔，冲向幽蓝的湖水

一对对环棱的黑色硬角

唯独惊艳于青海湖畔的对角

自幽蓝的湖中，渐行渐远

湖上天幕低垂，湖岸牧草枯黄

铁线莲与白蓝翠雀，期待来年花会

阳光苍青，在黑色鸧鸹的翅膀上

蓦地，晃了一下，又一下

万籁无声，唯藏狐有些警觉

幽蓝的湖水，深不可测的湖水
更蓝，更蓝，更加幽蓝了

嘿！那群涉水而去的羚羊
你们是去追寻仓央嘉措么？
在我举目的远方，它们已然
化为一团云雾，不知所踪
或许，真如智者所言
世间最美的情郎，曾在
三百年前，手持一朵莲花
怀揣所谓的真爱，缓缓地路过
湖水幽蓝而又忧伤的青海

雪落荞麦皁

雪也知我心，洒落在故乡上空
十年少见的壮观，焉能辜负
祖先美意，空中马车辚辚
驰过浩荡的岁月，我们看不见
远方的道路，云海一片苍茫

赳赳公鸡，从荆棘丛中钻将出来
振翅飞上苦楝树，长鸣不间断
故乡山皁，早已墙倒屋圮
堂屋门框上的对联，淡若无痕
石头上的积雪，布满了暗苔

衣裳挂满了野果针刺，手掌
鲜血淋漓，及腰深的茅草
在风中摇曳，吟唱乡曲民谣
父亲手植的扁柏，祭如在
悲伤逆流成河，泪若决堤

荞麦皋，教会我爱和恨的地方
祖辈生长，且安息于斯的地方
泪眼模糊中，有艾青诗中的意象
那挂马车上，是我的祖父么？
您要到哪儿去呢？到哪儿去呢？

高凯的诗

诗人
档案

高凯，甘肃省作协副主席、甘肃省文学院院长，享受国务院特殊津贴专家。出版诗歌、随笔和报告文学十余部。诗文获全国优秀儿童文学奖、甘肃省文艺突出贡献奖、敦煌文艺奖、首届闻一多诗歌大奖等。

黄　河

1

看河的人
其实都不是在看河
而是在想河

2

河边的一棵树
忽然听上去长满了鸟儿
而走近看却都是树叶子在啼叫

3

水是流过去的
而一条黄河是走过来的

黄河迎面而来的样子才像一条大河

4

顺流而下的人在送黄河
枯坐在河边的人
在等黄河

5

黄河里究竟有什么
岸上的人都说黄河里什么也没有
直到有一天水落石出

6

很想到彼岸去
但过去了此岸又成了彼岸
所以一块石头一直在此岸坐着不动

7

黄河拐了一个弯又拐了一个弯
黄河如果不拐几个弯弯
就不是黄河了

8

黄河是野的
因为那些戏水的野鸭子是野的
在野鸭子眼里那些裸泳的人也是野的

9

看上去很柔软
这段黄河像一条古老的丝绸
阶段性的黄河只能细腻地去看一看

10

黄河其实是水汇聚而成的时间
所以日复一日地奔流着
看一眼老一天

11

都说水静流深
那么黄河究竟有多深呢
两岸的倒影有多深黄河就有多深吧

12

逆流而上的鱼儿
都会在河水里举起浪花
而那些随波逐流的鱼都不会浮出水面

13

几只鸟儿在河面上叨了一口水
黄河的水没有落下去
还突然涨了

14

像那棵树一样
那个人一直站在河边
看着河水白白地从身边绕了过去

15

一条大河穿城而过
两岸都有人家
被打湿了

16

石头石头石头
岸边上除了石头还是石头
黄河一路究竟踢开了多少块绊脚石

17

一首爱情诗如果想比一条黄河深
写诗的人必须住下来
枕着黄河

18

泥沙俱下
黄河才成了黄的
执意一路奔腾滔滔而去沉入大海

19

生在上游长在中游老在下游
一步之遥有一个壶口
去慢慢地酌吧

20

水流走了
河一直没有流走
那些流走的船儿才流了回来

21

隔河而望
眼看着黄河走远了
打一千个水漂也漂不过去

22

那些中流砥柱
只有在黄河断流的地方
才会被看见

23

只有临河而居
才会知道黄河是什么时候吼着来的
又是什么时候吼着走的

24

远点再远点
把黄河看成一条小溪的时候
才能看见黄河的大

25

如果黄河是远方那个大海的脐带
那也就是一条船的脐带
一条鱼的脐带

26

黄河浑浊不堪
但河水里那些鱼儿的眼泪
清澈见底

27

听见的黄河
看见的黄河和亲自蹚过的黄河
永远不会是同一条黄河

28

在黄河身边
一个耄耋老人和八岁的孩子一样小
都是孩子

29

一块黄河奇石藏着天地间最大的秘密

落日如果落在一块石头里

就不会再往下落了

30

那些羊皮筏子

承载的其实都是羊的苦难

今世在此岸和彼岸之间渡过去渡过来

31

黄河边上

才是真正喝酒的地方

不知不觉一条河就会穿肠而过

32

有时候黄河的水也是很清很清的

在岸边一个静静的水池里

一朵云把自己洗白了

33

定睛看去

那个垂钓的人被一丝儿光线钩住了

被钓者牢牢咬住了钓者

34

总是有一些让人心疼的小女子
喜欢一个人跑到黄河边去偷偷地哭
一边哭一边给黄河说

35

一个人
一旦看见一条泪汪汪的黄河
那就是被黄河看见了

36

河面上漂着一片树叶
树叶上站着一只蚂蚁
艄公是蚂蚁自己

37

一只落在黄河里的风筝
可能再飞不起来了
但没沉下去

38

桥是纵的河就是横的
河是纵的桥就是横的
河流上的桥都是彩虹

39

不该流失的也流失了
水边的芦苇一个个都白了头
一个个都摇着头

40

春天来了
大大小小的冰凌
是严冬里黄河自己做的筏子

41

为什么
雨落黄河雪落黄河霜落黄河
都被大地放在静音上

42

深不可测
漩涡凶险的样子
让人都远远地躲着它走

43

一直在跟着黄河走
但一路上左冲右突的黄河
不知要去哪里

44

逆流而上与随波逐流
其实汲取的都是黄河之水
都在流传

45

一个人沿着黄河走
人跟着黄河
黄河也跟着人

46

一个大瀑布
近看好像是谁把黄河倒掉了
而远望好像是黄河被谁挂了起来

47

上了白云间
黄河就很轻很轻了
一只鹰也能把一条大河驮起来

龚学敏的诗

**诗人
档案**

龚学敏，诗人。1995 年春天，沿中央红军长征路线从江西瑞金到陕西延安进行实地考察并创作长诗《长征》。已出版诗集《九寨蓝》《紫禁城》《纸葵》《四川在上》《濒临》等，译注李商隐诗歌《像李商隐一样写诗》。

在商丘

丘字很凉，像是我送走了的那些亲人，
国破莫过于此，
莫过于用四散的黄土，给每一个人
正名。

在商丘，每一只活着的鸟，
都是燧人给我们点燃的姓氏，从窗前
飞过，
窗户也有了名，叫作百姓家。

黄土不甘心，用麦田裹了又裹，秋风
刮着，
算是留下了丘字。

在商丘，亲人们的合唱，像是大风，
我看见风中的鸟，
如同走散的火焰，
是火的孤儿。

在芒砀山下

没抵达过商丘的鸟，一律叫作大雁，
饮过芒砀山甘露的，我们把它尊为：
鸿鹄。

陈胜把振过的臂，伸进《史记》，
便成了芒砀山，不高，
像是把头拱出大地的种子。

滚滚麦浪里，那么多面庞相近的麦粒，
它们是陈胜的墓地，
风，是它们共同的墓志铭。

长风的镰刀，一遍遍给大地致悼词，
直到鸿鹄，
与燕雀，一同成为天空最后的泪滴。

在黄姚古镇且坐吃茶处

从清至此，就是想给自己讨盏茶吃
解贪嗔

榕树坐在自己的阴凉处
饮进出的人说的话中，散发的
温暖

直到，背行囊的人走成别人的行囊
夕阳在杯中一涮
世事恍惚，如是众生的行囊

我想把走过的路，说成与黑夜无关
但每个人的黑夜，必是他走出的路
的枝上，结出的果

一万丈的阳光也无法晒到一个人内心
的暗处。如我，即便在此处吃茶
溪水仍旧四处流浪，像胆大的孤儿

解贪嗔的茶，藏在心中
似鸟，飞在天空，却在大地上成长

好人，是乱世中走动的一杯热茶

在安化鹞子尖茶马古道甘露亭喝茶兼致黄斌

古道越来越瘦，直到成保护名录中
的黑体字

树叶每落一片，古风身上便多挨一刀
羸弱的古风坐在我对面
用茶水疗伤，夕阳的药丸，被我们
一粒粒地泡化
茶色浓酽，我们自己用字写成的江湖
却越来越寡淡

一队队翻过鹞子尖的茶，在亭子里喘气
在夜色中，把自己走黑
给四海打安宁针。被我挽留的那盏
是茶中的义士
与古风一道，成四海之内仅存的兄弟
红红的，给我下山的路，照一切的明

谷频的诗

诗人档案 | **谷频**，本名李国平，中国作家协会会员，《群岛文学》主编。著有诗集 4 部，并入选多部年选集。获第三届《海燕》诗歌奖、《安徽文学》年度诗歌奖等。

长安古运河

把两澳的辘轳多注点牛油吧
坝夫的转动声音才会使水流湍急
向五湖四海开启这里的一坝三闸
望不到边际的漕运船
有如顺水推舟沿天空而下
千年大运河在这里
分成两个延续历史文脉的入口

"是谁在寒流来时睡着了？"
冰凌挂满了两岸的步伐、两鬓和行囊
上塘河的酒幡还那么醒目
而下河的鱼骨
早已变成坚硬的橹桨
斜挂在运河边博物馆的墙上

此刻，我们携带东海之风
站在虹桥上合影，向大运河致敬
仰山书院的桅灯突然闪亮
种在水草中花格窗的反光
照射着那些围运河而居的
九街、五市、七十二弄的旧景
万物葱茏，整个长安古镇
都生动起来

梁家墩

这里是钱塘江遗留下的扇贝
一头贮存接天的大潮，一头贮存着
新塘河舌尖上的味蕾
在升腾烟火的新仓村，满满一灶台
缸肉、宴球、刀鱼、虾爆鳝
仿佛我们一杯一杯饮下的
不是陈阁老酒，而是地老天荒的露水

天已放晴。我不需要鱼鳞塘作为遮拦
满野的粉墙黛瓦，屋顶全部向南
让近在眼前的尖山
足够浮刻出当年徽商云集的版画
而此时，扶框而进村头的"行乡子"
烧一壶岩茶，或抚砚，或种桑养蚕
让所有的时间变慢，慢了，又慢。

在花岙岛看盐

从孤岛到半岛的长途跋涉
相似的经纬度都变得清晰有声
花岙岛在告诉我们，用万亩海水
做成的镜子会是怎样的晶亮？
这里的盐滩如同天空穿过的白布衣
太阳暖暖地晒在上面，我敢断定
是半岛岬湾的潮汐凝固成了颗粒
在每个滩头，一粒盐就像是性感的花瓣
使盐民的脸庞盖住了夜核
他们把累积起来的岁月都装进了瓷罐

那些盐是可以舒展的珍珠
当先民煮海的那一刻，隐藏的种子
在历史的手掌变迁，没有
比海水的坚硬更能保留地域之美
收藏在非遗馆中的每一件盐具
都是会呼吸的记忆
让朝霞和落日，加深对这一切的眷恋
大佛头山脚下有着平坦的土地
哪怕语言遗失，古法技艺都无法拒绝
因为盐水的浓度已渗透在他们骨骼里

广子的诗

诗人档案 | 广子, 20世纪70年代出生于内蒙古鄂尔多斯, 当代诗人, 出版诗集《往事书》《蒙地诗篇》等。

告别阿门乌苏

没有哪片风景会留恋一个人

我也从未到达我走过的地方

离开之后才知道

我已来过。阿门乌苏

但我不会再来,向你暴露我的沧桑

如果灵魂热衷于独自漫游

我必须让身体背道而驰

乌兰布和与北斗七星

火光只有等到熄灭

才能迎来灰烬的拥抱

当乌兰布和化身一堆篝火

北斗七星亮如明灯

我不会和荒野争论
枯树的春天还有多远
也不会与流沙辩驳
谁才是风暴中最温柔的部分

红草滩的红

我不喜欢红色
我猜乌兰布和的秋天也是
把神秘的红草滩藏在旷野里
如果不是大风和流沙邀请
我不会遇见它。红草滩
没有让我感到晕眩
还能认出它曾是青绿的碱蓬草
春风吹过，秋风又吹
直到野火和白雪同时爱上它
直到羊群也找不到它
在红草滩，我终于见到这样的红
孤僻的，暗淡的，不纯粹的
一点儿都不伪装的红

在荒野里

如果感到孤独，你就是多余的
在荒野里，你可以像风一样席地而卧

也可以像一块石头四处走动
但要和岩羊学会留下清洁的粪便
向老鹰请教如何把落日埋入深山
只要你还像个人一样体面，在荒野里
你就是多余的，如果仍感到孤独

郭辉的诗

诗人档案 ｜ **郭辉**，中国作家协会会员，一级作家。诗歌散见于《诗刊》《星星》《人民文学》《十月》《北京文学》《中国诗歌》《扬子江诗刊》等刊物。著有诗集《美人窝风情》《永远的乡土》《错过一生的好时光》《九味泥土》等。

祝融峰

人啊！还不低下所有的心念
它就要飞了

铺天盖地的风，是十万扇
无形的翅膀
叫每一片树叶都起了
惶恐之心

无论有风还是无风
它都是昂首
东南，从来就具有天人之姿
腾空之状

委身于此，欲飞不飞

只是因为悲悯
舍不下——这善恶交织的人间！

飞雪寺

山门积雪。长尾巴
竹鸡低唤了一声，背景空阔

银杏树的影子
愈见得淡了

门外，僧人扫雪
雪沙沙响，虚静也沙沙响

无边的白，像是由近
而远，又像是从有到无

桃花江

一条江，在桃花里居住
那一座粉红色的宫殿
把绿津津的水
当作了自家壁挂

一条江，在桃花里打坐

桃花呀，是一所
位于二月之上的庙堂
派遣了多少
江头的春风节度使日日朝拜
却抵不过水鸭子
嘎嘎声中的几缕禅机

一条江，无法与桃花论短长
沿着桃花酿制的传说
穿越了千年，也醉了千年
但至今仍没有走出
美人河的云水谣

一条江，一辈子命犯桃花
被芬芳的爱
系住了三魂七魄
水性满身，就做江南最美的情种
直到流入地老天荒

黄惠波的诗

诗人档案 | **黄惠波**，中国作家协会会员。已出版诗集《禾火集》（含英译本）、《知秋集》、《三秋集》、《秋问集》、《秋路集》、《秋草集》、《春秋集·春卷》、《春秋集·秋卷》、《云秋集》等九部。生于广东揭阳玉浦村，现居深圳。

西北行

我最爱这月光下寒冷的夜晚，

列车西去一路只有孤独的祁连山相伴；

透过车窗我分不清窗外是月色抑或寒霜，

山脚下有房屋几间灯光点点。

西北的月夜格外苍茫，

西风烈打在脸上格外清爽；

三千年胡杨在风雪中挺直了腰杆，

猜拳行令的西北汉格外粗犷。

喝醉了么，抬出去吧

哈哈哈哈，再来三碗！

我借着酒意红着脸儿仰天长啸，

真汉子功名利禄咱统统不要；

别以为我趴在地上是真的喝醉了，

就让这纯洁的西北大地也听听俺的心跳。

别了，吴哥窟

你是一部残破的史书厚重而沧桑

你是一曲不绝的挽歌凄厉而悲壮

你是五千道滴血的伤痕

无情的岁月早已把它风干

你是亿万颗酸楚的泪珠

如今只沉淀为一泓深潭

你是浓缩的一个世界

只恨辉煌不再令人意兴阑珊

你是凝固了的繁荣富强

却带给后人更多的迷茫

你是高耸的灯塔

永远闪烁着古老文明的光芒

你的千疮百孔

恰似一道道冷冷的目光

在烈日下刺得我震颤、震颤

你是虔诚而痴心的信徒

直把这美妙世界跪成地老天荒

纵使体无完肤衰老不堪

你仍然昂着高贵的头颅

为不肖的子孙忏悔

为人类的和平祈求上苍

你是残阳里的浴火凤凰

忍受着极大的创痛
只为了涅槃、涅槃！

维多利亚港

一滴水

如一颗泪

苦涩　辛酸

一滴水

如一朝露

甘甜　清爽

千万滴水

汇聚成沧桑维港

坦荡　辉煌

这就是百年香江

日不落帝国的午后斜阳

映衬着东方之珠的迷人曙光

伫立于静水之旁

看霓虹闪烁夜色阑珊

叹往事历历心事茫茫

惊回首　时空穿越

只剩下悲歌万阙

热泪千行

只觉得月朗星稀

白露为霜

九龙寨城

一块街石
记载多少故事
几块街石
化为一段历史
故事如街石的凿痕
洼洼坑坑
历史如街石的延伸
曲折幽深
故事总是翻来覆去
历史却是无情唯一
我心中的九龙寨城啊
你曾经是香江脊梁
也曾经是屈辱悲伤
我知道
如今高耸的大楼一定就是你执着的梦想
而萋萋的芳草也早已淹没了斑驳的从前
唯有那默默的街石
还在诉说，且倔强依然

黄亚洲的诗

诗人档案 | **黄亚洲**，诗人、作家、编剧。曾任中国作家协会副主席、浙江省作协主席，现为中国电影文学学会副会长、中国作家协会影视委副主任、《诗刊》编委。出版诗歌、小说、散文等四十多部，曾获国家图书奖、鲁迅文学奖屈原诗歌奖、李白诗歌奖等。

在东营看黄河

我的心境如此静谧这多么容易理解
一条无船的黄河横在眼前

本来风就轻了，云就淡了，芦苇与蜻蜓都缄默了
偏偏，黄河，你还停船，你还
蓄意丢失咆哮

原因是，因为水浅
所以，简陋的浮桥一座座枕上了河流的腹部
也因为浮桥
河里的船，成了永远跳不过龙门的鱼

这时候，诗人马行就说：总觉得一条河没有船

就没有了灵魂

这感叹突然叫我想到了黄河的船工号子
一个民族憋在历史丹田里的呐喊
那是黄河不知天高地厚的岁月，那是
黄河之所以叫作黄河的光荣

不管怎么说，还是看到了水
黄河毕竟以水著称
甚至，黄河自己就是船
不管怎么说，黄河还是努力的，黄河还在坚持
搬运高原，把秦腔注入渤海

你可以这么理解：黄河在山西壶口的
那种粉碎性骨折，就是
船工号子的不死，就是灵魂的咆哮

不管怎么说，黄河这一辈子，还是努力的
它丢了船，但还在搬运
有一种晚年的挣扎，叫作安静

无锡，张中丞庙

刹那间，他就让我想到后来的历史
后来的：狼牙山跳崖的那五条汉子，以及
松花江投水的那八个女人

刹那间，电流攫住了我的胆与我的肝，以及
我全身的骨骼
这一刻，他就穿着放射科医生那样的盔甲，用他
眼睛里的爱克斯光
逼视我

要命的是，他
已经知道了我骨头里钙质的含量

刹那间，想起我们浙江那位"灭十族，又何妨"的方孝孺
想起老乡鲁迅，他临终前的那一句咬牙切齿：
我一个也不饶恕！

现在，记住这个将我击翻在地的名字：张巡
记住这个级别不高的大唐武将
他面对乱军死守睢阳孤城，杀了最后一匹马，然后
倒出自己血管里，最后一滴生命
交给当天的夕阳

不降伏，不交换，不退缩，不妥协
不需要一寸战略空间，不需要
对手将鹰伪装成鸽子，只需要最后的一刹那
是真切的死亡

民间一直称"张中丞庙"为"大老爷庙"，这说法很精准
一个民族的男性，就应该是标准的

大老爷

因此，给他看清我此时的骨密度，是不妥的
我要逃跑，我的头盖骨确实不是狼牙山
血管，更不是松花江

这是一个艰苦的规划：我要重新安排胆与肝的位置
给每块骨头，重新军训
只为有朝一日，再度赶来无锡体检
让一个大老爷点头说：体质尚可
而不是说：回吧回吧，该吃吃，该喝喝

姜华的诗

诗人档案

姜华，中国作家协会会员，旬阳县作协主席。首届十佳网络诗人、中国诗歌网签约作家，获陕西文学奖诗歌奖、五个一工程奖、杜甫诗歌奖、李白诗歌奖、海子诗歌奖等。出版诗集七部。

石头上的艳遇

那些坐着、站着、哭着、笑着，讲着古经的石头
表情丰富。修炼成动物、植物和人形，注定是
前世的劫数。亿万年不算长，恰好让一堆石头成精

变成有血有肉的人物、百兽、经卷
和文字。变成皖南人身上的服饰、方言
爱情和图腾，需要多少年修行

在九华山腹地，石头上开出花朵，让世界放下
身段，对一块地理侧目。而我体内空虚

一行人抓住水声在石缝里蛇行，上帝的手
指向那里，我就在那里显形。像一块生料
日夜妖艳在那里。它啥都不说，让你悟

姜念光的诗

诗人档案 | **姜念光**，中国作家协会会员，作品见于各种文学报刊与图书。著有诗集《白马》《我们的暴雨星辰》，另有散文随笔、批评文章及学术文章若干。曾获第十一届闻一多诗歌奖、第二届丰子恺散文奖等。

一个人出门远行

升腾的欲望使一个人变轻
使一个人从日常生活的杂念中
飘起来，像歌德，从书房出发
追随"光辉的女性"
二〇一九年八月，星期三
在北京西站，他排在九个人后面
路漫漫其修远兮，他焦急
他背着一捆荆棘和秩序的铁钉
为买一张去往雪山之巅的火车票
掏出了但丁的身份证

123

远游概论

天外天乃是一种万有引力
远方与远游者，互为陨石
如此，花半开与鸟飞尽
会具有同样的力道
若书写自传，以山水为刀笔
雕镂灵魂的无穷的花纹
若心向往之，身不能至
事物便皆无定论
词汇便皆是前提
那么诗歌的宁静的逼问，将会
出现斜阳、意外和惊讶
汗颜将给出千堆雪的答案
乘风归去后写下的乡愁
有可能是鹿，有可能是马

出行记

把昏沉久睡的，叫醒
去看心中悬挂的果实
从文字里的自我肯定和赞美，走出去
向身体的那边，否定的那边
从茫然坐望，走出言外之意

今天温度陡降，朔风凛冽
这是否影响到了你一向秉持的骄傲呢
林中的鸟儿们皆外出寻食去了
看风景寂寥，叹生民多艰
你一路端详它们的空中楼阁
闪念之间，想到鸠占鹊巢等词语

不由记起，前些日子遇谗遭谤
小人沐猴而冠
如此种种是多么让人愤怒啊
而狭小的器量会如何歪曲一个人的嘴脸
——你几乎就要破口大骂
另一个你则一脸无辜，幸灾乐祸

他的意思是，你仍然混沌未醒
仍然没有自拔于腐朽的泥坑
本应该集中注意力，穿凿附会
青铜时代的白马，信仰的玫瑰
因此顾盼自雄，踌躇满志
并将书生与战士归纳为一体

人生天地间，忽如远行客
意思是，所有的出行皆是为了到达自身
除此之外皆是南辕北辙
有所望，有所待，有所寄
正是这样，今天逆着风

你沿着一条正弦曲线疾走了八九里
依于仁，游于艺，浑身冒汗又一回
在解冻的河流边与自己相逢

冬至日答张九龄

今天的相遇未必没有道理
我未必不是孟浩然
特地在唐诗三百首的开头与你相见
拱手，打揖，一鞠到地
然后乘八小时高铁去北京
北京，未必不可以是隐居的襄阳城
未必没有李白和杜甫两个后辈
他们诗写得漂亮但官职太小
未必当上宰相才可以胸怀天下，而位高权重
未必不可以同时写情致深婉的诗

你定义，海上生明月
但现在，一轮新月，未必不可以
从山中或者高楼大厦之间升起
今夜，我在你的故乡始兴县
我穿过的夜晚，是和你一样的夜晚
但我早已不像你那样写诗
我相信，一千二百七十多年的修炼足够了
你看，我带着
石头明月，手机明月

126

溪水、电灯和微信的明月
乘坐的汽车驶出老虎出没的车八岭
一个加速度
就从此时，回到了天涯

草原一日

只有平心静气才适合，这种辽阔
除非是马，否则奔跑显得可笑
除非是风，否则高声叫喊会显得无礼

如果在这里打开一本纸做的书
遍地野花与眼睛似的湖泊，会质问你
为什么要做浅薄的事呢
现在，空气、血液和光阴，都是足够的

随便站在哪里，都可以四处眺望
天似穹庐，没有一处缺憾
白云在大地边缘安心午睡
一棵被挑选的松树，长袍及膝
它墨绿，有着师父一样的博学与谦逊

直到夕阳如蜜，月亮升起
出现了歌唱的女人和跳舞的篝火
在草原无尽起伏的弧线中
你又一次梦见了白马

它生气地打着响鼻
"你没有说自由，没有说青草
如果没有青草，江山成何体统？"

还是原来那匹白马！它欲望强烈
冲动，有力，有着少年的羞涩

蒋雪峰的诗

诗人档案 | **蒋雪峰**，中国作家协会会员，曾获四川文学奖、《新世纪诗典》第七届 NPC 李白诗歌奖特别奖、中国诗歌排行榜双年度短诗奖等奖项。出版诗集《琴房》，随笔集《李白故里》等七部。

每个人心里都住着一个陶渊明

失意时大难临头时

看见好山好水

就打算挨着 修几间房子

住下来 如果附近有寺庙

三天两头 去找主持

谈佛论道 让山下的事情

在心里死得更干净一些

清明前 在古树上

摘些新芽 烘焙成茶

看着对面山上的云

一喝就是一天

老死不和尘世往来

这都是不可能的

绝大多数人 和我一样
憋屈久了 到山上出口恶气
采一些野花和野菜
吼几嗓子后 开始嫌山上冷
天黑之前 都会赶回山下的家
把陶渊明留在山上
继续看护 漫山遍野的寂寞
从古至今的悲伤

山 水

可以寄情 把它当一个朝代
完美无缺 有缺的地方
飞流直下三千尽
如果有闲心 站在旁边 用一首词
把这个缺就填了
如果有知音 可以弹琴唱答
几千年过去后 变成国画和成语

我在古籍中 找躲在世外的高人
山水遮住了朝廷和车马
终究没有变成疗养院
他们的伤口发霉 患风湿病
寂寞如落叶 有增无减
怎么也扫不干净

只有一天天　把自己活埋

因为要留清气在人间

在文章里　他们都是陶渊明

采菊　种豆　下围棋

不说缸里无米　老妻病重

孩子送人　老友断了音讯

某曰　访唱山歌隐者

无路可走　沿河滩而行

山势陡峭　水流得像哭

便桥腐朽　青苔遮住了石头

终见其人　如野果　闲抛闲掷

儿孙老伴　皆定居江油　绵阳

他守着两间泥屋　一间木屋

和狗说话　唱出来的山歌

词不达意　没有一句

和他的现在有关

他活在过去　不想搬出来

山是山　水是水　人是人

山水寄情　终究难以寄人

小　河

先惊起一群野鸭是黑的

接着是一群黄的

一只白鹭
飞得不慌不忙
把寂静慢慢让出来

河水悄无声息
看不见流动
流到这个地方成了镜子
自己照自己
顺便照一下我

很多发呆的人已经干涸
它还是那么水灵

一直到离开
我对这条河
都没有任何想法

走着走着我回了一下头：
河水闪着波光
野鸭和白鹭正在降落

蒋志武的诗

诗人档案 | **蒋志武**，中国作家协会会员。诗歌发于《诗刊》《人民文学》《中国作家》《青年文学》《钟山》《天涯》《山花》《芙蓉》等刊。曾获深圳青年文学奖、广东有为文学奖、第十一届闻一多诗歌奖（提名奖）等奖项。出版诗集《门庭的上方》等四部。

心的美妙

在生命的情长时刻
我们习惯在落脚的地方
穿过傍晚

再没有比无拘束的自由
更睿智，那些闪闪的小光
柔美的光线看似简单，而消失了
你却经常纪念它们

孩子，于夜色中的书房
画了一栋别样的小屋
里面的灯是开着的

溪 流

我们总是在重复同样的困境
时间，一条垂钓的溪流
一片无垠的梦之国度
我的左边，有镶嵌黄金的马车
右边是飞蛾触及了地面

当溪流试着往高处寻找楼梯
只要流动，就会找到自己的星宿
以及无形的支流
雨，在我们头顶移动
如水诞生时的声响

在温暖的事物上微笑

在温暖的事物上微笑
一只鸟，一块蜷缩的石头
它们的侧面
比人更温和，也更野性

大雁飞向北方
行进的过程和山脊之间
有一条倾覆的隧道

彩虹在那里沉默
颜色几乎是孩子的幻想

万物都活着，回归线上的
花草树木恣意开放
当我写作时夜晚悄悄降临
温暖的事物接踵而来，都带着
自己飞翔的翅膀落在
一块青色瓦片上

乐冰的诗

诗人档案 | **乐冰**，中国作家协会会员、海南省作协理事、海南省诗歌学会副主席。在《人民文学》《中国作家》《北京文学》《清明》等刊物上发表诗歌、小说。代表作为《南海，我的祖宗海》。

我已多年没有见过大雪

我已多年没有见过大雪
是的，我以为它死了
再也不能给我一片干净的土地
我把它珍藏在我的心里，梦里
像珍藏我的初恋，我的初吻
青春的心跳

雪，我仰望一片月光思恋你
我对着一朵莲花思恋你
你是我心里的一把戒尺
一座翻越不过的雪山

啊，这重度污染的土地

我多么渴望雪下得大一些

再大一些

黑夜里的雨

黑夜里

雨落下来

落在窗沿的铁皮上

很响,像炒豆子的声音

接下来,落在窗前榕树的叶子上

声音小了许多

再接下来,落在泥土里

悄无声息

仿佛融化在漆黑的夜里

这多像我们的一生

小如水滴

小如微尘

冷眉语的诗

诗人档案 冷眉语，《左诗》主编，出版诗集《季节的秘密》《对峙》。

木 塔

三千吨的树木
抱在一起。没有一枚金属值得骄傲
它们牙齿咬着牙齿

作为建筑的典范
闪烁着斑驳。当年坚持到
木塔完工的匠人，死亡像是一种过错，
连风也不曾提起过的名字。

无论实线还是虚线
注定不会标上无名之辈
就让他们躺于地下
好好听无词的民谣吧

时间的子宫不断繁育

刨花拉锯的双手失传

那些沾满泥土与煤渣的双脚
没有一个是
相同的脚趾

木塔的八角攒尖
迎着雾里的月亮
拉煤车的鸣笛响一下
我们就一起动了动

云冈石窟

石头比我们更懂得
力学与美学。它们
把一个北魏王朝与佛经
接连在山壁上

从一朵绽放的莲花里
谁能取出一件千佛的法衣
谁的祥和与慈悲
在一座山中浮现出来

我与小石雕一起
击鼓敲钟
或手捧短笛或怀抱琵琶

一股清泉从石缝隙
流下来，石头鲜活如初
它们在相互交换
我们未知的秘密

藏地悲歌

雪域高原的每一个生命
都称得上是另一种意义上的海拔
深谷将广阔牧场切开。纵横交错的道路
血管在寒风中断流
草甸子是埋在血管中的春天
一顶游牧帐篷，坐在风的长尾巴上
独自编织鸟鸣

布达拉宫被深邃目光勾勒
风欲揭起高处的瓦楞
高原铺开辽阔的纸张，不等谁来着笔
匍匐的人从黑夜返回
仿佛典藏的草稿
我从久远的物质年代来，未及站稳
已被抽象
天蓝得具体可感
我的孤独与忧伤具体可感

李不嫁的诗

诗人档案 | **李不嫁**，男，湘人，因其诗作的特立独行而被称为湖南的老诗骨。

和苏东坡站一会儿

说来羞愧。踮起脚尖

我也只够得着他的腰带

不是因为我太矮，而是他太高了

连公园里那些百年老树

也自觉资历太浅

而躬下腰去

……这是去年夏天的事了，在常州，他的终老之地

运河到此拐了一个大弯

而后迤逦北去

而后我们一群写诗的，在安静的苏东坡公园

轮流和他的雕像站了一会儿

有人生出翅膀，飞上他的肩头

以期眺望得更远更高

有人摸着骨头

反复揣度

做他的拐杖

够不够？

人的话语

对诗歌的热爱

让人绝望。因为我找不出

一种神性的话语，照亮庸常的旅途

罕见的时光

在哀牢山，当我和一群人夜饮

忽有流星提着火把，掠过千年古树

远处，惊起一片犬吠

近处，众人仓皇

我终于学会了

那个拉祜族老人的话语——

等天亮吧，等天亮

我们去寻访，那被烧毁的草房，还冒着青烟

李皓的诗

诗人档案 | **李皓**，70后诗人，现居大连，一级作家。系中国作家协会会员，辽宁省作家协会全委会诗歌委员会秘书长，文学期刊《海燕》主编。

小箬岛

我本能地想到了青箬笠，绿蓑衣
想到了斜风细雨

那些鱼鳞一样鳞次栉比的石屋
"烟熏的黑脸，水浇的泪痕"

当它们被还以颜色，描红，涂绿
这滑稽的大花脸，一次次让我们走丢

唯有咸鱼保持本色，在盖子上网架上
一剖两瓣，被妇人们翻过来再翻过去

晾晒，叫卖，我们偶尔停下来
询问一番，像个买家一样品头论足

也询价。妇人不知道我们是来采风的
风不要钱，并且从不把人看扁

珍珠滩

那些平时不怎么能见到海的诗人
拍照时，一定要在镜头里
留些浪花，他们自以为这就是
珍珠了

他们不知道珍珠，都含在蚌
比悬崖还要陡峭的嘴里，它的内心
水深浪急，每天都能
崩溃一万次

这小小的海岬，容纳了人间的流水
鹅卵石，一只是另一只的因果
即使貌合神离，让病灶钙化
抑或结晶，舍与得之间都是雅事

石塘或里箬村

这些硬朗的老人，坐在门前，躺在石屋
对我们熟视无睹。他们只关心

石头下压着的瓦，能不能被风揭走
而那些来了又走的人，统统
视其为瓦上霜

石塘是镇，里箬是村
石头挨着石头，根连着根
他们只把石头视为亲人，奉若上宾
台风搬不动，浪花也穿不透
渔家汉子专跟湿漉漉的石头，对话

女人的思念，把石板路磨得铮亮
那些倚着门柱的剪影
在黄昏的海湾里，眼圈越来越红
有时还拖着尾巴。晒了一天的石屋里
冬暖夏凉，像贴心贴意的灯塔

霅溪辞

当我隔窗，望向清晨烟雨蒙蒙
的湖州，霅溪还在睡眼蒙眬之中
不承想一个外乡人，昨夜
就睡在她的身旁，相安无事

她是湖州的女儿，或是太湖的女儿
她贪睡的样子，多么像我那个
时差总也倒不过来的女儿，早餐已经

摆上餐桌，但我不敢吵醒她

在江南的秋雨里，我只是路过了雪溪
就像那只灰白的水鸟，偶然站在
一群拥挤的铜钱草中间，远远地
像是溶解在水草的群体意识里，被同化

她不敢遗世独立，不敢像我的固执
不向方言低头，潮音桥黑着脸
即使有些小草沾亲带故，也不视为己出
各香其香，在雪溪，银桂不输金桂

我必须在雪溪醒来之前，一个人
独自离开，貌似自己从没来过
那样，那一截短短的廊桥让记忆短暂
休眠，让一个知情的男人不足为虑

李南的诗

诗人档案 | **李南**，1964 年出生于青海，现居河北石家庄市。1983 年开始写诗，出版诗集多部。

从河北来到河南

开车跑了四小时，从河北来到河南

终于在黄河边上停下。

小蓟开着红花

众鸟的歌声热烈友善

河水浑浊，但天空明朗

树林中透出缕缕光影

无人打扰的村子

在日落之后更加静谧。

想起近些年来

一直乐此不疲地奔波在旅途

我在逃避什么？

又在寻找什么？

我痴迷于这样的困惑

不知是爱上了山河，还是爱上了自我。

画青海

水彩的青海并不比油画的青海更简单
当我在水彩纸上构思的时候。
天空的蓝，草原的绿
冰川的晶莹，油菜花的金黄
孩子们脸上的酡红、杨树下阴影的靛青
还有贵德色彩斑斓的丹霞地貌……
可是要画出紫外线的强度
风沙的形状，这得费一番功夫。
想起去年夏天，我看到一群朝圣者
从玉树、果洛磕着长头而来
我能画出藏族姑娘的彩色邦典
能画出喇嘛身上的绛紫色袈裟
可是啊，我实在画不出他们带曲线的歌声
也画不出他们头顶无形的佛光。

李浔的诗

河流上的摇篮曲——中国行吟诗歌精选

诗人档案 | **李浔**，中国作家协会会员、湖州市作家协会副主席。出版多部诗集和一部中短篇小说集。曾获闻一多文学奖，杜甫诗歌奖，第五届中国好诗榜奖，浙江省第二届、第四届文学奖。

塔克拉玛干的沙

对了，在这里只能是沙
如果你想到历史，那么请你细心一些
小心一些，关键是要骄傲一些

在你的鞋上、手指间、发间
沙对你如此细腻，如此体贴
你应该看出来了，面对如此细心的事物
必定有高大、坚固的前提

你看，塔克拉玛干的每一颗沙
它们的历史，可以是一座山，可以是一颗心
也可能是一句硬话
它一直是那么耐磨而恒久

卓 玛

你有一把牛角木梳
把东南风梳得全部向北吹
青青的草，会跟着牦牛
走近你的布达拉
帐篷里的酥油茶冒着热气
呼唤亲人的吆喝冒着热气
卓玛，卓玛
天珠看见了幸福的泪
是的，风都在向北吹
当了母亲的卓玛
看见天蓝得像母牛的眼睛

李勇的诗

诗人档案

李勇，湖南省作协会员，临湘市作协副主席。作品见于《解放军报》《解放军文艺》《诗刊》《中国青年》《湖南文学》《青年文学家》《鸭绿江》《北京文学》等报刊，获第五届岳阳文学艺术奖，出版诗集《故乡》。

今夜　我枕着月色入眠

一个人的夜晚

可以信马由缰

无须酝酿太多的故事

我用脚步丈量内心的彷徨

路是模糊的影子

思绪在疏星之上舞蹈

远处灯火阑珊

我看见谎言在暗处游荡

一声草虫的嘶哑

颤落一片忧伤

路旁的花径

在苍茫辽阔中迷离

有一种残香的魅惑

将寂寞缠绕

今夜 我行走在回望的路上

黑夜吞噬了远方的森林

今夜 我迷途在异乡

没有爱情

没有玫瑰的芬芳

彳亍在秋蝉的浅吟里

今夜 我枕着月色入眠

秋　蝉

不动声色

你蛰伏在季节深处

偶或的嘶鸣

泅湿秋的离歌

秋风萧瑟

你啃噬最后一片月色

在无垠的暗夜

独自忧伤

残荷断桥

山寒水瘦

载不动岁月的一阕愁肠

一滴寒露落在掌心

在低处聆听

你禅意的背后

注定是一片远去的苍茫

梁尔源的诗

诗人档案

梁尔源，中国作家协会会员，中国诗歌学会副会长，湖南省诗歌学会会长。在《人民文学》《诗刊》《中国作家》《星星》《民族文学》《新华文摘》等刊物上发表大量诗歌。出版诗集《浣洗月亮》《镜中白马》等。

登岳麓山

你登过岳麓山吗

湘江边上那道涌动的脊梁

别老在山的影子里跋涉

从一首世俗的词赋中走出

取景框中才不会是平淡的风景

登岳麓山

最好骑着月光抵达

闻着书香启程

如果饮马池中落满了星星

肯定有两颗最亮的举着灯笼

你可手持向导的千年拐杖

用南来的太极敲开山门

登岳麓山，要赶在深秋

走一条鲜为人知的小道

顺着繁体字垒砌的台阶

踩着木鱼声中散落的腐叶

每攀登一步，脚下都会渗出殷红的足迹

登岳麓山，必结伴而行

半山腰有灵魂向你喊话

影子中的长衫马褂

手持八卦阴阳

他们在亭子中品茗一杯夕阳

满山的枫叶都在窸窣作响

倒影从湘江中站立起来

见到云麓宫

别误认为登上了山顶

飞来钟的声音里

隐蔽了一条更远的古道

那些直耸云端的墓碑下

垫着更高的峰峦

爱晚亭

爱晚亭，沧桑的品茗者

几朝枫叶飘零

一条江水的颓废，已从

视线中隐退

阁檐飞展，水镜低悬

清风泉不再述说

那白驹过隙的倒影

春风拔节的时光，读书声

催开满山的红杜鹃

晚霞收敛的宁静

揣着母爱的人，仍把

夕阳当酒杯

星光闪烁的夜晚

豪情与明天换盏，热血和

西方的一个幽灵对樽

那些来往的背影，总依偎着

一座山滚烫的脊梁

日月荏苒，菊香满坡

安详和一轮秋色厮守

亭柱挺直，放逐的眼神里

仍搅着远去的余波

敞开的胸怀久久蓄着

南来的书香

穿过崀山一线天

当步入一线天

石壁传来喘息声

前行的人头低沉

揣着好似往地狱行走的忐忑

那些肿胀的痴心杂念

155

在上帝那双巨掌中接受
公平的挤压

命运是有落差的
在顶峰行走时
白云唾手可掬
整片蓝天也不会珍惜
当躯体囿于深渊
高出红尘万丈的那一线光亮
却将奢望牢牢系住
让灵魂高悬

人生是一枚楔子
在陡峭的坚壁中寻觅缝隙
柔软现已窄进心肠
让淬火的那一节
楔入人间痼疾
挤开天地间的悲喜
拽住山峰上的那一缕清风

梁梁的诗

诗人档案

梁梁，写诗歌、散文、小说、报告文学、评论等。出版诗集、散文集、纪实作品等多部。作品被选入《青年诗选》《1986 年诗选》《20 世纪新诗鉴赏辞典》等。诗集《远山沉寂》获"中国人民解放军文艺新作品奖"一等奖。

我曾是草原的某一阵微风

微风只是奔跑、追逐
微风不去思考——
自己是不是微风

刮了很久了
还要继续刮下去
他们来去无踪
手抓不住他们
思考也抓不住他们
他们骑上马背，越过草尖
作彩蝶和蜜蜂翅膀上
一缕光

不管是飓风还是微风
他们都从不思考
因为他们从不思考
所以他们是风

我也该像微风那样
不去思考自己
只看人们
戴太阳镜
罩纱巾

此时最不应该思考的是
我是哪时哪段哪片草原上的
哪一丝微风
一旦这样思考
我就会离我而去

沉默的树

一株树难道只有用叶子说话吗
难道只有用树上树下忙碌的蚂蚁说话吗
难道只有用大红大绿的色彩说话吗
还是只有借风声才能说话

如果这树不是果树
它当然没有资格用果实说话

如果没有果实在成长
难道它就无话可说

打扫落叶的秋风扫尽了树的影子
网状的天空能不能听到它的枝丫在说话
落叶的空缺被泥点般的鸟儿填充
鸟儿们能不能代替它们说话

用丰腴的肉体当然可以说话
肉体松弛了，骨骼也可以说话
骨骼不会不朽
那就用说话来宣布腐朽

当我喋喋不休地写下这些文字时
所有的树，都一言未发

银河落满内蒙古草原

是无声的降落、全部的降落
不会丢掉一片暗影
我被银河紧紧包裹
严寒因身躯前移而温暖了起来
枪刺隐忍
星星如露珠镶嵌于锋刃之上

抖动我自己

也就抖动了整个山河
天地间，只有他们和我
默默潜行，没有一句问答

一个夜晚，一柄枪
一个士兵的全部世界
当梦拥抱四周之时
真实与虚无成为一个整体

在内蒙古，我从来没有感觉到银河的存在
也没有感觉到风的存在
因为，在整体之中
一个令十八岁士兵惊恐的黑夜
只是一个可以忽略不计的墨点

在草原上能做的一些事情

听风，看天，闻草，淋雨
走浩特，与月亮盖一床被子
睁着眼睛抚摸星星

醒酒，胡唱，烤火
雪浴，想不能做成的事情

总是有人从对面的山坡上看你
像看一只蚂蚱飞过的影子

他不管身体重要还是影子重要
看着看着便失声笑了
就像一群狼从坡上向坡下冲去

林忠成的诗

诗人
档案

林忠成，诗歌刊发于美国、法国、加拿大、澳大利亚、菲律宾、中国等地报刊，部分诗歌翻译成英语、德语。诗歌被中国作家协会、同济大学、北京师范大学等编入近一百种选集。

虎牢关，使汉语最强悍的部分苏醒

虎牢关 一个充满煞气的名词
它跃出纸面时 使整本喧闹的《现代汉语词典》安静下来
其他名词如居庸关 阳关 雁门关屏住呼吸
变得小心翼翼 汉语分阴性和阳性
虎牢关是所有阳性词汇的总头领
它一言不发地站在中原大地 令周边花草失色
动物噤若寒蝉 汉语中最强大 最凶悍的那一面苏醒了
猛虎从古汉语山头下来
它仰天长啸 吓得阴暗小人肝胆俱裂
它一举扫灭了汉语过于阴柔 过于宁静的品质

虎牢关 一个强悍的名词
它向群山的血管注入血液
它有一具雷霆做的肉体

吞吐八荒 驾驭宇宙的气魄

它想找一个切入口 把天吞下去

没有什么语法能约束它

最凌厉的修辞术也囚禁不了它

它冲破一切语言牢笼 砸烂所有的道德律令

令花草树木 飞禽走兽充满阳刚之气

在虎牢关那一带 蝴蝶扇出凌厉的劲风

油菜花开出铁爪钢牙的气势

连蜜蜂也爱唱京剧《黑旋风》

在中原一带 露珠也沾上冲天豪情

草叶变成匕首 投枪 刺向外族敌军

尚武精神弥漫于民间 蚯蚓 草蟛练就金钟罩铁布衫

燕子善于水上漂 柳枝昼夜练习鹰爪功

虎牢关的热血沸腾至今

祖先当年想用石头 砖块般的汉语筑成囚笼

把每个人心中的猛虎囚禁于内 令四海太平

千百年来 虎牢关烽烟四起 杀声震天

汉语的鲜血浸染山河 关云长一刀劈下华雄

接过赏功酒时战争的皮肤还是热的

刘关张大战吕布五百回合

那一带至今还在传唱"桃园三结义"的情义

秦王李世民率 3500 兵鏖战窦建德 30 万大军

震天动地的喊杀声阻住了黄河东进

刘邦项羽大战荥阳　虎牢关的每寸土地都灌注热血
每个窗台都撒过泪滴

从古汉语中升起的大雾笼罩着张飞寨　跑马岭
无声无言　凯风吹遍中原
阳光仁慈　刀枪入库　马放南山　点将台尘埃累累
十字路口的杂乱蹄印至今还收藏着疼痛

凌之鹤的诗

诗人 档案 | **凌之鹤**，本名张凌，诗人，独立评论家，云南省作协会员，大益文学院签约评论家。著有《醉千年：与古人对饮》《独鹤与飞》《为文学祭春风》。

去长安朗诵一首诗

唐代的书生们，昔日去长安

想必大都是去取功名，博富贵

幻想把那满腹才华，治国平天下

我今去长安，不为考状元，无意觅封侯

此时秋风渭水骤寒，落满长安的黄叶

要么，已被蓝关早来的纷飞大雪掩盖

要么，早让创字号的文件扫干净

我将乘飞机直抵咸阳，不骑白马

只能在空中看一眼，云横秦岭的奇观

远谪潮州的韩昌黎是无缘相遇了

徘徊踌躇于推敲之妙的贾长江

断然也不会在大雁塔或小雁塔前等我

被赐金放还江湖的李白，我会告诉他

乌云散尽，千年之后的长安城

诗酒风流依然。我此行去长安

不献宝，不干谒，不找九公主，也不上表
进谏，我只想在明月下的古城墙上，远眺
汉中平原，对着终南山，向遥远的大唐朝
那数万文魄诗魂，朗诵一首我写的挽歌

雨雪霏霏下长安

从艳阳下的高原春城起飞
银鹰在云海中翱翔，云南蓝天上
漫天白云如大地上的晴雪。飞过四川
进入陕西，天空忽然阴云弥漫
仿佛进入另一个神界，这让我怀疑
我们不在同一天空下，不是哪里的天空
都晴朗。在咸阳机场，清晨的小雪
和正午的细雨，将我瞬间带入了冬季
云横秦岭的壮景和古都庄严的气象
都荡然无存矣。此刻，在西安城里
晶海酒店窗外的未央道上，喧嚣的车流
和无边的风雨，将我的孤独无限放大

一如十三朝帝都深埋地下的兴亡史
今夕何夕，在高楼林立的现代西安城中
我的寂寞，是遥不可及的远古爱情
想当年与卿两小无猜，而今相敬如宾
是旧时长安月下高昂的诗酒风流
相逢意气为君饮，会须一饮三百杯

大雁塔诗稿

在唐代的大慈恩寺，清越的晨钟暮鼓
早晚都会叩响。而今日的大雁塔前
游人如织，雁影难见，只有风铃
不时发出冰槌敲冷玉的玄音
令我瞬间梦回唐朝。甚至更远的人间
我入寺庙不求富贵，登塔不为考状元
不想题名。唐玄奘取经磨砺十七载
浓缩精雕细刻于大雄宝殿之华壁
我登临略为倾斜的大雁塔上
从四面远眺风光，古都的背影
已被现代西安的繁华彻底湮灭
千佛殿内，一缕柔和的朝阳
刚好照亮唐圣僧的舍利
塔林内，获放生的花喜鹊翩翩飞来去
这寺院来过多少达官显贵，又走出
多少失意的落拓之辈？这塔下
有多少得意才子题签，又有多少俊杰
绝望叹息？其时我身边飘过一对情侣
那美女对帅哥嫣然一笑，亲爱的，登塔
我们上下只用了十分钟！他们不知道

走过寺院，在大雁塔回望——历史

我心底确实涌起，"无边的温情与敬意"
我喜欢那些飞扬跋扈的伟大过往
也热爱这个悲情横溢的美好时代

刘清泉的诗

诗人档案   **刘清泉**，中国作家协会会员，重庆市作家协会全委会委员，重庆市沙坪坝区文联副主席、区作协主席，《重庆诗刊》执行主编。在《光明日报》《诗刊》《十月》《星星》《作家》《山花》等发表作品一千余篇；出版诗集三部。

泸沽湖看水

在泸沽湖看水
水蓝得让人心虚
甚至怀疑自己的前半生
是否真的已经活过
我看见水里有一个人在走
面目清晰，但辨不出美丑
他走得很慢，反衬得我在岸边
心急火燎
一阵风吹过，湖面归于平静
而我的惊悚加剧，因为那个人
面目依然清晰，美丑还是不辨
有一小会儿，他干脆停了下来
一言不发，只盯着我看……
第二天再去看水，水依然很蓝

像所有老套的故事一样，那个人
没有再出现
我扔了一片面包到水里
海鸥和野鸭子一拥而上
可它们谁都没有抢到
面包沉入了水底，像石头一样
一同下沉的，还有我

茶卡盐湖

咸鱼如何翻身
这个问题在这里暂无人类关心
茶卡盐湖其实更像一匹白布
铺在祁连山和昆仑山之间
无意中成了天空的一面镜子
在这里，它的一部分是天
而空是它的另一部分

也可以说空即大满，盐花花绽于八月天
水天一色，湖山同辉
晨曦东启或日头西落，天光变得越来越美
美得像盐一样不可或缺
又像此湖一样不可复制

天，空之镜
也可以说天空就在茶卡盐湖里面

只要丰水期足够长
它就容得下所有，藏得住最细微的寂寞、隐秘，还有咸
好比我们对千疮百孔的人生仍抱有幻想
——活着，像茶卡盐湖的咸鱼那样活着，一次又一次
在看不见自己的镜子前，练习翻身……

太白山中

岩石陡峭，说着许多险峻的话
几株嵌在崖缝里的野花，抓紧时间招摇
拽着风往西南方向吹
我出现在此山，止息于此刻
黄蜂豁达，以抱团的嗡嗡声
稀释了不羁的花语，又瞬间飞离
把第四纪和冰川，一起留在太白山
是的，跳跃的金丝猴，踱步的大熊猫，
奔跑的羚牛……才是山中的主人
如果它们需要更纯粹的动物圈
我将变成一粒不带怨悔的石子
从三千米崖顶悄悄坠下
如果它们还需要回家的光
一朵从乱坟茔间升起的
幽蓝磷火，就是我

刘合军的诗

诗人档案 刘合军，诗坛周刊社长兼总编，中国大湾区诗汇副主席，大湾文学副社长兼主编。部分作品发表在国内外报纸杂志与网络文学平台。著《刘合军汉英诗集》等六部，主编诗集《诗坛——2018》《诗坛——2019》。

在维纳斯女神塑像前

断臂是我最关注的焦点

多少艺术家，欲为她安上一双健康的双手

但鸽子与苹果的道具，都无法

衬托她，维美圣洁的想象

让直抵人心的美搏动

生命的潜能和美的启示

我在想

女神的勾魂臂

是否跨越了时空，跨越了艺术

甚至具有神的魔力

像东方的观世音

有一千双手

普度众生

阿尔卑斯雪山

一片一片的白悄悄爬上来
风冻住陡峭的波浪，片刻，仿佛凝住流动的血
这陷落于天际的巨兽，没有
一只飞鸟在此光临

一些人，脱下面纱
在这天堂之湖，像鱼群一样在阳光下裸泳
一些人，在借助涟漪的风传递微弱磅礴
在这里没有围城，也没有荒原
只有石头供养的白，没有
一点血腥味，我抓一把
塞进嘴里
化半生长吁短叹

刘年的诗

诗人档案 | 刘年，诗人。

熄灯号

号手似乎在怀念什么人，反复了三遍
最后一遍，没忍住，铜号，吹出了唢呐的嘶哑

风也在吹，峡谷是另一只铜号
整个小镇，只有我的篝火和昆仑山的月亮，没有熄

春泥歌

大地软下来了，什么都可以穿透它
瓜秧，豆苗，草叶，竹笋，蛇

什么都可以在上面写诗
鸡爪、狗脚、鸭掌、牛蹄、猪蹄
不知名的鸟迹，大大小小的鞋印

有的潦草，有的工整，有的圆滑，有的深刻
一串赤脚，鱼群一样，上了田埂
跟着老农和他的水牛，游进了小溪

大地软下来了，青蛙跳起一米多高，都摔不痛

刘西英的诗

诗人档案 | 刘西英，"新韵诗"的倡导者。作品散见于《诗刊》《解放军文艺》《诗选刊》《星星》等刊物。曾获《诗选刊》年度优秀诗人奖、《延河》最受读者欢迎奖诗歌类一等奖、第二届"中国十佳当代潜力诗人"奖。

在内蒙古草原，我看到了长在故乡的一种草

草是一种有名，却如
无名一样的植物
人们只知道它无处不在
却不知道它处处不同

这有点像我的故乡
它有名，但没有人知道
它无名，却是我的唯一

在内蒙古草原
我看到了长在故乡的一种草
但这里，却不是我的故乡

我的故乡在山东的一个小地方
那里主要长红薯，还有红高粱
那种长穗子的草
是母亲下地时曾用来穿蚂蚱的草
是父亲农闲时曾割来沤肥料的草

我描绘不出它的形状
但我记得它的模样
我少小离家，老大未回
故乡或许已认不出我
但这种草却一直长在我的心上

题挂甲柏

　　陕西黄陵县黄帝庙内有一古柏，名曰挂甲柏，相传曾为汉武帝挂甲所用。其上多钉痕，斑斑驳驳，俨然鳞片。

一个钉子钉下去
又一个钉子钉下去
有一个帝王
便有一页历史
有一个帝王
便有一个钉子

中国的每一个帝王

都是一个钉子

中国有五千年的历史
因此被钉得伤痕累累

乾坤湾

天地有愁
愁成天下黄河
九十九道弯

人间有怨
怨做一河黄水
一流流过五千年

若有鬼神
请把九曲黄河
一把拉成一条线

若有圣人
请让一河黄水
一朝变得碧浪翻

龙晓初的诗

诗人档案 | **龙晓初**，广东省民间文艺家协会会员，作品发表于《星星》《椰城》《参花》等刊物。

十月的海滩

让我静静地坐在这里 时间失去踪迹
他们的步伐轻声地印过秋天的沙滩

只有一座楼房住过浪潮的回声
捡起一个残缺的贝壳 把它丢向海里

此时失掉了言语 就像刻意
忘记你突然而窘迫的笑
嘴角上有那么一丝不情愿

在雨天来临的前一天
火烧云弥漫着冬日的傍晚
时间在海的一角兜兜转转
那个十月曾在这里消亡

消失的鸟语

记忆中的鸟语已经远去

在新的林荫大道上

我们对自然的渴望更深一层

残落的叶子 火山的灰 发烫的玻璃

或是无风或是晚来风急

海洋承载了历史的沉默 以浪涛、泡沫

编织美人鱼的童话与飞鸟的身世

还有那些虚构不能解构的

不知它们会怎样被理解

站在老家的大榕树下

这是群鸟欢乐的天堂

我一遍遍追寻 它们曾经来过的痕迹

鲁橹的诗

诗人 档案 | **鲁橹**，20世纪80年代末学习诗歌写作，停笔十年，2008年重拾笔头。在《湖南文学》《飞天》《十月》《人民文学》《诗刊》《绿风》《星星》等刊物上发表过作品。曾获实力诗人奖和年度诗人奖等。

我将在清晨抵达

故乡路远，我热爱的星辰已经散落
汨罗江灯火灿烂
而我，只能踏遍无数个露水之夜
仰望新一轮晨光

多少个埋首咏诵的日子，羞愧难当
我已多年无法爱一个具体的故乡。北漂的年年岁岁
菖蒲和艾叶生长在遥远的水域
我北方的门楣，只能用花树点缀
想象流水声漫过五月，刚刚过去的端阳
龙舟赛喊声如山，屈夫子立于山顶
他是那个使劲喊加油的人么

我要顺着他的声音，寻找故乡的炊烟

石头上浆洗的妇人，她刚从篱笆墙出来

鸡声捣月，草木吉祥

千年以降，月光浑浊旋又清朗

那些隐隐的伤痛，那些残留的暗伤

都要被流水洗去，都要

换上新的容颜

我多想扯一扯屈夫子的衣袖，你是俊逸少年

还是白发苍苍

汨罗江千古万古，他阔大的胸怀

早已化雷霆如细雨，闪电如甘露

你可否牵我的衣袖，说

回吧

我漂泊经年，故乡的河流只在梦里荡漾

芷兰生于两岸，渔火照亮天空

浪花似龙舟之桨，唱渔歌的人

都在喊我们回家

我将在清晨抵达。曙色祥和

故乡不笑我，已生华发

我与她，是耳语的关系

——谨以此诗献给我的母亲河：华容河

1

她生下我，血的海洋喂养的灵魂
从来就风生水起

我习惯她沉静时的脾性，耳语一般
清凉的眼睛，时时闪着我的纽扣
她抓住的孩子，像她千万个孩子
沐浴的黄昏，鱼儿如同水草，
痒痒的挠我的耳朵

——神灵的水，发源于天上
现在，她经魔力的手，滋养我的生命
——我的千万万个生命

恩赐给我一个圣殿吧，在我的家乡
我将把一条大河扛上，供奉于心

2

我不是她怀中的一弯柔波，我不是
起伏的心情，落于尘埃
扫荡的颓败的过去，像经书需要翻晒

我有过生锈的钉子，手掌打开
浑浊的沙子硌着太阳的眼睛
鲜花不会飞翔，它有沉重的翅膀
墙上的雨衣，不愿在暗昧中久待

痛会击打水，一场重修旧好
需要时光的磨砺。现在
你如果说水是瓷器的，她古雅的气质
影响了一个叫华容的美丽地方
一场盛世的出镜
有着最为舒心的渲染

我不是她怀中的一弯柔波
我倾斜的时候，她俯下身来
听见了我说：我爱，我们彼此渗透
在血管里守住家园
生生不息

3

游子，有着凉薄的内心
她置身他乡，心口常常驻扎一根水草
那根牵绊的水草，如果发芽
有二十年的生长期，足够她过滤风霜

我喝过的水，曾与泪相似
背风的墙角，洗刷的泥水没过脚
分不清，是前生的委屈还是今世的迷茫

只祈祷云分开天，露出的光
照亮我寻觅的路途

虚构和现实，我都避开了
我日夜流淌的心事，一条河流是明白的
火焰栖于纸，我已燃尽最后一个字
隔墙有耳，故乡传过来的
是一条河流的耳语
她收留我，并把我清洗干净

陆岸的诗

诗人档案 | **陆岸**，作品见于《诗刊》《星星》《诗潮》《扬子江诗刊》《江南诗》《绿风》《十月》《江南》《西部》《延河》《星火》《西湖》等刊物。著有诗合集《无见地》。

栅　栏

定位在那里
栅栏是多么虚空无用
血肉是透明的，骨节是中空的
只能拦住直来直去的人群
拦不住流水，拦不住风
却整日里张开空空的双手

我常常靠着栅栏往远处望
远处的群山此起彼伏
他们也在张望我

而风正从山林穿越而来
她穿越过我

仿佛我也只是栅栏
也拦不住什么
我也是空的

浦阳江边

路过浦阳江边时，柳色正轻抚流水
枝条上松开着无数春风的纽扣
与透明的春水一起招摇

而道旁的金色油菜热闹
我恰好看见的
是一些孤单的事物

比如那条被推离水面的长堤
比如长堤上那仅有的一排梨花
毫不惹眼的象牙白

一抬头，又看见空中的那枚落日
她也被高处的大风推离。从东往西
一个背影默默走

点地梅也是
她们总是零星散落
在僻静处

无事溪

武陵源下来，黄沙泉水库安静
那是被团团拦截的缘故

而再下来，三十块石头掷于水中
空隙均匀，溅起无数的大雪
这细微的人间有了暂时的落差

这样缓慢的弧线，在两岸青山之下
我安坐的似水流年，也有了发射的意图

仿佛所有的热闹、此刻的冬阳是飘忽的
而湘西残留的金色笔直坠了下来

在无事溪，我们是如此无事
只有坡度上的水薄薄的承受了一切

罗广才的诗

诗人档案 罗广才，《天津诗人》总编辑、京津冀诗歌联盟副主席、天津市朗诵艺术协会副会长。作品散见于《诗刊》《星星》《诗选刊》《大家》《作品》《草原》《诗歌月刊》《山东文学》等刊物。著有诗集《罗广才诗选》等多部。

百里杜鹃总有多愁善感的一个人

躺着的是河，也许是海
站立的是草
更可能的是一块顽石

在座的哪一位是前世的你
当高原显赫的那一缕风
化作叽叽喳喳真理的时候
就变天了。变得你
无法想象的一种抵达
不一样的，没有姐姐
甚至没有哥哥
爹和娘多么模糊

在贵阳，那么低的高原

矮过我半头的那位红衣女子
高过我的良心有那么多

有多矮的圆桌，有多高于酒桌的
那么多的我们

躺下的我，站立的百里杜鹃
谁说的话，让我们醉了呢

一场不期而遇的雨，缩短了古城的黄昏

雷雨来袭，摩肩接踵的人们四散
越散人越多，像沱江上涨的水位

一股浊气也在四散
越散越清晰，像卸妆的凤凰古镇此刻的素颜

一场不期而遇的雨，缩短了古城的黄昏
沱江水跳动出灯火万家

没有谁关注天上的水和地上的河热烈地拥抱
没有谁不在此刻不想奔跑

也没有谁能给古城披上雨衣
甚至举过头顶的花伞也不能

那耀眼的光亮，是若隐若现的
雨滴的簌簌时间

时间常常被我们忽略
但时间永远不忽略我们

烟雨中的我们和朦胧中的古镇
都在听青黛的瓦，蛋白的墙在滴答地诉说

一场雨没有让古镇停下脚步
风雨侵蚀的背后紧靠着是：尘埃落定

唯有光亮的青石板路和闪烁的沱江
没有慌张，也没有被淋湿

谁不想抱着神像回家

拐了好几道弯，却走了一条
更弯的路，就像那些陌生的
显得更加陌生

放火烧过天空之后，空白出
那么多未来，黑的黑，蓝的蓝
我微合双目，也让眼中锋利的刀子们歇一歇

走在前边和排在我身后的人

都没有弯腰。尊严掉在地面上
有蚂蚁在争食

我和这个世界彼此疯狂又彼此克制
别聊历史，那是一种叛变
不要说起当年的话，残缺是一种高度

谁不想抱着神像回家
天样远和万山西是不是一个方向？
红颜一去还是怅卧东风

是谁导演的生活剧？
让我一次又一次地
在台词中死去

罗鹿鸣的诗

诗人档案 | **罗鹿鸣**，作家、诗人、摄影家。

南岳忠烈祠

飞机飞临南岳上空，不是来轰炸的
它投再多的弹也不能让烈士再死一次
对于永生的人，任何子弹都是无力的
在与倭寇的浴血搏杀中仆倒
贲张的血脉流成湘江、黄河
而长城，是倭刀斩不断的骨骼
在南岳香炉峰下，英雄的松柏
擎起血流满面的苍穹

飞临南岳上空的飞机，是来致敬的
邂逅青山翠柏拱卫的忠魂
七七纪念塔尖锐如锋刃，刺穿黑暗的云层
无人机的镜头里装满了壮烈与忠诚

飞上去、飞上去，生命不能承受痛之轻

落下来、落下来，满山都是沉重的生命

英烈啊！不能在空中表达持久的敬意：

"我已竭尽了全力！"

倮倮的诗

诗人档案

倮倮，本名罗子健，中国作家协会会员，香山文学院副院长。作品散见于《诗刊》《中国作家》《花城》《芙蓉》《作品》《星星诗刊》《诗选刊》等刊物。曾获《诗神》探索诗特别奖、首届创世纪诗歌奖、第二届诗经奖等奖项。

特鲁希略的黄昏

傍晚。暮色从矮矮的屋顶，从窄窄
的街道上空，从教堂的尖顶上，慢慢降下来

我站在 plaza 旅馆的门前抽烟。对面
一幢黄色的房子在暮色中宁静、悲悯
它的二楼废弃已久。

突然，一张脸
从一个破烂的窗口冒出
抽搐着……嘴里发出怪异的叫声。

明天清晨，我将离开这座小城
它留给我的最后印象竟如此
偶然，强烈！

我喜欢这偶然
它有着迷人的真实。

在阿赫玛托娃故居

秋天已旧，像一件打满补丁的白衬衣。
和布罗茨基坐在透明塑料椅子上谈音调和音准
谈"游手好闲罪"……哈哈哈笑了！
阿赫玛托娃在墙上也笑出声来。

这是圣彼得堡初秋的一个下午，舌尖下的狂风慢慢熄灭。
万里之外的中山却狂风肆虐
一个开小货车的司机在台风里被生活压死。
《少于一》和《从0到1》，书架上的芳邻稀罕地友好
互相取暖。

窗外下雨了，花园里的布罗茨基
零乱地微笑着。
二楼的诗歌朗诵会开始了，有人压低嗓音喊我
缓慢起身——我迷恋此刻的——寂静。

特蕾莎修女

好像足够虔诚了！
匍匐在你的脚下
手伸向你胸前的花环，不是想要
鲜花和掌声，而是希望再次获得爱的能力

很多年以前，一场爱的飓风摧毁了我的小资生活
我携带仁爱的火种深入山区和苦寒之地，爱点燃爱
爱的火焰偶尔灼伤自己，我当作是半生罪孽的报应
不像今天你突然把我灼伤，仿佛灵魂触电

怀揣你的照片走出仁爱之家时，翻看手机里的照片
自己多像一个演员，镜头下的下跪像拙劣的表演
而你，用比 1953 年还干净的目光慈爱地看着满身烟火的我
轻柔地摸着我的头，仿佛在我的额头上写下"爱与尊严"

我忐忑的羞愧渐渐熄灭
爱是万物的骨头——走出巷口，我听到心里
骨头拔节的声音盖过了街上嘈杂的喇叭声
加尔各答肯定不知道它在某个瞬间变重了许多

吕本怀的诗

诗人 档案 | **吕本怀**，笔名清江暮雪，作品散见于《诗刊》等刊物。

五一晚宿东浒寨林泉二号

我是安歇了
虫们依旧在忙碌
青蛙击鼓
蛾逐光
蚊子急着寻找血源

它们并不知道
还有个叫劳动节的夜晚

我与它们之间
只隔了一层玻璃

玻璃这边是生活
玻璃那边是活着

洞庭湖畔的油菜花开了

不是一瓣一瓣地开
不是一朵一朵地开
不是一垄一垄地开
也不是一小片一小片地开

没心没肺地开
寻死觅活地开
歇斯底里地开

就仿佛
一夜之间
厚厚的黄金地毯
从天而降

就仿佛冥冥之中
有谁在发号施令
而它们
就像无数向死而生的志士
而蜜蜂
正为它们哼着甜蜜的哀歌

马永波的诗

诗人档案 | **马永波**，当代诗人，翻译家，文艺学博士后。20世纪80年代投入诗歌创作，并长期致力于英美现当代文学的翻译与研究，是大陆译介西方后现代主义诗歌的主要诗人翻译家，填补了英美后现代诗歌研究空白，迄今出版个人和翻译著作七十多部。

响水村信札

1

来这里已经很长时间了，总是下雨
难得有晴和的天气去看看山水
天色和湖面一样灰暗，正好医治
身体里的灰暗。像一封迟迟没有寄出的信
有些过时。但总的说来，心情尚好
没有什么意外的事发生。仿佛我已
从一场病中康复过来。在这里
时间似乎也放慢了速度，蓄积在
高处的水库中，等待溢出的时刻
至于天气，说变就变，你瞧
刚才一朵白云还停在窗口嗡鸣

此刻雨声攻占了一个个山峰，把它们隔绝起来。
"下个七七四十九天才好呢！"
来自旧电影的一句台词，使这次旅行
仿佛成了插曲。谁在渐暗的天色中大喊
"来鬼了！开口子了！"把旧时代和童年
混在一起。我是否说过，泡沫堆在岸边

2

雨天里的事物陈旧得更快，光辉从峰顶滑落
倾泻入水，像军舰鸟（这里没有水鸟
许多天里只有一只麻色的野鸭，在湖心
团团打转，这将在梦中发出沙哑的叫声
融化）。沙子倾倒在村庄和梦境之上
透过缝隙，潮湿像褐色的菌丝，
悄悄穿过心脏，使一切开始腐烂
包括心情。湖水像一匹巨兽皱缩的皮肤
在群山中移动。我的病已基本痊愈
只是更加想你。和这里的蝴蝶相比
我显得年轻，白色的山石、湖水和风
半乎灵魂。（我总是放不下那些死者
它们寄居在我身体的黑暗中，在背后指点我）
沉思和眺望，都显得做作。不谙水性
使我不能没入水的躯体（这有些猥亵
好在你不会见怪），我把对水的古老恐惧
与母腹中的窒息，和水底模糊的黑暗
联系在一起。我总是觉得，水下有什么
东西在运行，或者沉没的古墓中

有不知名的鱼拱起蓬松的土堆

3

这封信写得断断续续，像雨下了又下
使玻璃窗模糊，但是否事物也模糊了
风景在玻璃中破碎
缠绵的山水无尽地向远方扭去
争论，相爱，直到化为苍翠一片
这一切都没有什么意义，像这封信
我几乎没有信心把它寄出。文字
总得有些意义。"你是你周围的所有事物。"
这句话给我带来了你身后的黄昏、流水
树木和尘土。美丽总是自己的牺牲品
波浪消失在湖的尽头。我们对很多事物
看法相似。比如旅行，独自一人
就是逃离自己，暂时变成另一个人
变成风景。于是我起身去看风景
用手指，在雨水弄脏的窗上写明信片
"对不起，我不再恨你了。"这说明
有些东西正在无可挽回地成为过去

4

山中罂粟，散发邪恶的气息
背着笤帚的松鼠在地上走来走去
高处的亭子我已登临过数次
风吹过，谷中的玉米地里起了一阵波动
好像一只獾子正窜过垄沟，波纹

202

扩散到湖面上。午夜总有些声音
让人不安，水声也大了起来
像巨兽的喘息。户外厕所
被洪水淹没了，孤零零立在玉米地那端
我写下这些，似乎是在
告诉你我的孤独。我不知道
我只能这样，一边看着风景
一边随便向你说些什么。我喜欢这样
在你身边找不到的，我曾想去北京找找
但那里没有我需要的人群和真理
我想，人，心中只要有一块石头落地
在哪儿都一样。望久了山
那山便会像一个人，如果它像我们自己
我们就会留在那里。

5

石罅和龙头上的水滴。夜与昼
日子的呼吸。早上两个人在玻璃房子里
喝酒，晚上他们还在喝，只是不知
什么时候互换了座位。这里没什么可做
你还在午夜擦窗户吗？"一条鱼在冬天的冰里
生活。"一些人坐在一丝声息
也没有的玉米地里赌博，一匹马在周围嗅着
寻找主人（有人说是寻找骑手，其实
还不是一样）。"一条鱼是一根棍子
两条鱼是啤酒冒沫。"我摆弄词语
像摆弄扑克牌。偶尔会有一些意义的

片段出现，像湖中隐现的阴影

"死去的灵魂消失在天空中。"

是像光、星星，还是像黑暗一样消失

"像黑暗——黑暗也是一个灵魂。"

船和鱼平行，上面是天空，船尾

犁出宽宽的沟壑，一直扩大到岸边

6

雨中奋力登山，像王红公，只是

没有身裹丝绸年轻的游伴，既是女儿

又是舞女。在溪流边垂钓的隐士

手不离计算器，计算着深度、重量、距离

雨水化成了藤蔓，化成碧绿的西瓜

化成一个斜着肩膀的人，走过隆起的田埂

在雨中向更高的山峰呼喊，声音斜飞回来

像纸折的燕子。说到燕子，我来到这里

还没有见过一只，似乎它们和麻雀一样

已习惯住在城里，在烟囱和电线上编织音符

像绅士。说到底谁又能在雨中登山呢

我试图说出些什么，但总是徒劳

本地人带着不易觉察的怜悯

指给我们枯竭的瀑布，地下森林

成群的孩子走在上学的路上

正午的草丛中，我闻到雨水生锈的气息

7

还是谈谈我们的爱情吧，你总不能
去拉萨那么高的地方生孩子
或者把一个湖泊端到倾斜的桌面上
火焰形状的燃烧，脸上留下的是
"玫瑰的灰烬"。梦中我在白桦树上
擦手，用叶子洗脸。但这些都不能
改变继续的天气。（它像鱼从水底
直挺挺走出，走上朝南的大路）
我们共同经历的风雨，如今像经年的叶子
一团团沉淀在湖心，它使船头
翘起，像尼斯水怪。你曾经是我的
女神，但反复无常的经期（脾气）
让我明白，不能要求一个凡人
超出自身的东西。我们都已失败
但正如我说过的那样，只要心中
有一块石头落地，人就能活下去
像风在盒子里，像谷子和头发在地板上

8

我的前半生完全失败了。喝酒
吃鱼、写诗，用打下的全部粮食酿酒
拨开长草，携妓归来，这方面
我比不上我的邻居。我的诗句
远未达到命运的高度，是否
有更近的路通向他人的心灵

车马辚辚的日子早已不再

滤酒的纱布和泄气的轮胎堆在树顶

新漆的喇叭中播放着艳曲和乡里通知

冬天它会卡满石头和雪

我们到达不了自己所在之处

能否用想象填充风景的匮乏

波浪沉落在黑暗中，鸽子

用时聚时散的飞行，囊括

所有的选择。回声找到它孤寂的词根

一个在行走中解体的女人

腰部以上一片模糊。这里淫雨不断

令人愁绪渐生。水淹没了沙洲上的小旗

波浪在暗中追逐着泡沫

告诉你我最近的工作就是

用词语把事物黏在一起，换句话说

就是从内部把一个人取消，使他的慢性子

适合上升的愤怒。痛苦仍是睡前的必备之物

露出一排纽扣似的乳房

最可气的是邻居刚考上大学的女孩

写了一首爱情诗，还敢来信说受我影响

9

亲爱的（请允许我再次这样称呼你）

我不会再给你写信了，离最近的村子

也有数里之遥。冬天野兽的呼吸结冰的时候

在火炉边，我会用这些信取暖

词语，细沙，湖水，自我，数字……

聆听自然的时候，其实只听见了自己的
心跳，甚至心跳也听不到，听到的
只是词语，甚至词语也听不到
听到的只是虚无在云中移动
当我离开这里，水中的树枝还会
在黑暗中竖起，令人惊悚
细沙还会撒在火焰之上，还会有人
看见山间倒塌的酒肆和半户人家
听见蛙声被卷在泥泞的裤管里
黑夜中柳树随风摇摆，而橡树
则挺直身躯。暴雨从山顶倾泻而下
亲爱的，在白杨环绕的响水村
我给你写信，想着，不久我就会回去
和你一起，收集白色的日子像收集干柴

马萧萧的诗

诗人档案 马萧萧，《西北军事文学》主编，中国作家协会会员。出版诗文集、画册等 20 余部。获首届中国十大校园诗人奖、首届中国十佳军旅诗人奖、首届中国人民解放军出版奖，第九届解放军优秀文艺作品奖，第一、第四届黄河文学奖等。

临　江

临江而立，这两棵绿树一高一低
我不知哪一棵
更适合做市区地图的比例尺

其实你心有多高
鹰就为你量出多高的海拔，世俗的误差可忽略不计

江水在低处日夜刷屏：白云已把这异乡的
天空，擦得蓝如我儿时青山里
那一朵独自举办美展的桔梗花了呀

它的别名：铃铛花、包袱花、僧冠帽、苦根菜

逛昆明花市

这些与花儿相伴的花儿，每一朵都很美
她们的名字，好多我叫不出来
叫不出来也好，我怕那名字，没有花儿本身美
更怕那名字，本来很美的，一经我这张
食过太多人间烟火的嘴巴叫出来，又不美了

写在开心村

何必揪心，何况也揪不出
那个逍遥法外的
无形凶手：命运

冒着自身所下的汗雨
我把过去、现在和未来
握成一支三节棍

三五白云，像是闲着的医生

千里迢迢我找到了呼伦贝尔

我不一定热爱每一棵草，但却热爱辽阔的草原

热爱这些埋头啃食的牛羊

其中最小的一只

朝天边望了一眼，又朝我望了一眼

仿佛我是它传说中的远亲

一路上我总觉得，有一个命中注定的人，早就打过前站

她把阿尔山的风梳柔了，把满洲里的天洗蓝了

把海拉尔的雨、额尔古纳的雾，泼进我这团焦墨了

把根河湿地的第六匹骏马

放牧成了我的前生

马端刚的诗

**诗人
档案**　马端刚，内蒙古包头人，中国作家协会会员，内蒙古作家协会首届签约作家，出版过作品多部，现为某刊物编辑。

听逆流成河

词语另一端，叶子落
三三两两，带着心疼的目光
街道潮湿，旧鞋子路过
从鲜嫩到衰老
生死轮回，浅斟慢饮
流水，反复浣洗阴晴
痛，像风呜咽
一声紧，一声慢

梦长短不一，被镰刀收割
薄雾锻词炼句
房间无处可退，对着空荡呐喊
子规啼出血的诗句
西风吃紧，让马嘶安居

身影笨拙，交出了娇艳的唇
姻缘的前世，让出雪夜
雪夜隐匿了花草

沉默冻僵，命运高于脚手架
风慌张，爱走失，淹没了纸上的寂寞
想起你的眼
才知道水在南方蒹葭苍苍
誓言的药只有一片
命运无常，汉字的难兄难弟
在城市的屋顶，一起做庄周梦
夜读契诃夫，晨诵白居易
在人世且战且退
期盼着来生的春暖花开

天空的水

恋人们
把半瓶水，从一张嘴
传递到一张嘴
少年的单车奔跑着湿热
街角的肯德基仍在
云盘算着六点钟的细节
走不完的轮胎和脚印
起伏，翻腾
对着缝纫机穿针引线

身体的风不停，把沉默藏起

耳朵遮挡白衣
眼睛凝固在饱满里
射手和双子产生了爱意
是眼神，交换骨头与哭泣
蝉，听到了甜润
形神俱散，鸣叫透彻

躲过阴影和窗口
灯火里，最后一块痂
露出短暂渺小的月牙白
暗下去，肋骨的彗星
一阵震颤，又一阵震颤
添一把柴，天空的水沸腾
眼眶的阴山新鲜起来

马启代的诗

诗人档案 ｜ **马启代**，中诗在线总编，"长河文丛"主编。出版《受难者之思》《幸存者笔记》《失败之书》等诗文集三十部，诗文被翻译成英、俄、韩等多国文字，曾获得 2016 首届亚洲诗人奖（韩国）等。

风为何居无定所

风凉了
像一个流浪汉
已进入秋天
身上的衣衫就显单薄

我不知道
风的家族中是否也有穷富贵贱
哦，多么遥远的词汇
我不由得抱紧了自己的骨头

风来来往往
冲决一切阻挡和囚禁
那些曾经或试图俘获它的
都被它吹得无影无踪

我现在才知道
自己大半生都是被风推着走的
从童年走到了中年
在四季轮回中旋转

风居无定所
我内心也一直空无所依
有一天，在旷野
我看到它停在树上，我停在河边

梅苔儿的诗

诗人档案 | **梅苔儿，**本名张晓，医生。

马家窑，窑事

不得不承认
旧彩陶，有着密集的语言
此刻，新石器时代的唱读开始
姓氏的旧址，粮食的旧址，瓷的旧址
唱到最后，压轴的是
河流和泥土的旧址

从黄河上游出发
循旧址入旧窑
我像一个营生多年的烧瓷艺人
试图观察窑火的变化
火早已熄灭。唯有火种
还活在一方陶土中
等一抹釉色，引发窑变
等陶瓷打碎自己，集体出逃

216

等制陶之人，在火中自焚，在土里复活

一具小小的陶器，盛满旧时物什
人物舞蹈纹，动物纹，几何纹
斑驳的手迹还原几千年的景象
开垦，采摘，繁衍，结绳，歌颂
自然的劳动和创造
人类的炊烟选择在土制的器皿里存活
如道学和神性。忘记生死

只有旧窑，记住了时间和
时间里发生过的一切
一路西行
我遇到种子，谷物，茶叶，葡萄，美酒
它们安居于粗陶中
在马家窑
大地提供了最早的泥坯

烟雨廊棚

起稿拟用流水柔软的腰线
或深或浅，或轻或重。涂描
石桥，乌篷船，木楼
工笔画动用了撞水法。水乡
在烟雨里低低起飞

时光在春秋的水面流淌
一部分建筑被截留，装订成线装读本
闹市小镇是唐宋，粉墙乌瓦是明清
而我，是一页陈年古香的书签
扁扁地，斜插长廊

一落水，二落水
眼睛追随着一片片墨瓦
有人种稻子，有人烧陶瓷，有人酿酒
不时，音符飘落
"落秧歌"在田间荡漾，阿姐露出藕白的腿肚
不时，青羽轻舞。落在翘起的飞檐
不时，鳞片飞坠。搅动满塘春水

砖雕瓦覆盖的小木房
阿奶在老灶屋做麦芽塌饼，荷叶粉蒸肉，芡实糕
木檩条上，满是烟熏鳌黑之色
原来我的鱼米之乡
一直栖身砖木结构中
——满身满脸的人间烟火

在西塘
长廊如半旧不新的土布长衫
红灯笼是暖色调的补丁
我和自己的倒影相扶
慢慢。慢慢走成旧风物的一帧

独木器和歌谣

独木器和一个民族
最早来到海南。偏安一隅
"成大器者"，有着不可切割的完整灵魂

我抵达黎族之时
眼里忽然就没有了海
在这里，木头被赋予更深的含义
劳动，智慧，心灵的鸣唱
时间在木质纹理上，安静地走过
金属的碰撞之声，在海岛外

独木舟，独木舂米臼，独木杵，独木凳，独木鼓
一只独木器独唱，一群独木器合唱
天生的乐器——
民间歌谣由此诞生
我听到的黎族歌谣。淳朴，乐观，清脆
琅琅作响。是木器独有的发声
如钻木取火，如木简刻字
如阴阳五行之木——
"木曰曲直"

那一刻，天地哑然失音
我已习惯了人间锯齿的轰鸣

却还是沉溺于独木器的
温柔以待

薄醉辞

把故乡的河流赶进陶缸
把他乡的大海赶进陶缸
把我胭脂红的桃花瓣，发如雪的旧乡愁
统统赶进陶缸。就生生酿出
——春色三分，诗情二两

唇齿间滑过泥土的腥和稻花的香
米，村庄的喉舌。大自然和神之恩赐
身藏水里的火种，词中的母语
一粒米喊出声，群山呼应
一粒米喊出声，米香和豉香弥漫

在顺德。粮食和水，光阴和诗歌
被密封，酿造，发酵。成米酒
我们喝酒。邀上明月，星辰
明月醉成了一弯新镰
星辰醉成了满田稻芒
我们的交谈之语，醉成了空山鸟鸣

至微醺
我看见自己的影子在一杯酒中

且歌，且舞。那么怡然
仿佛，从未有过泼天大事
仿佛，从未痛过
正如这一半礁岩一半沙滩
它们合唱大海之歌。让我明白
刚柔相济才是心灵至善至美至静之境

聂泓的诗

聂泓，本名周建元。湖南省诗歌协会常务理事、省作协会员。在《诗刊》《绿风》《诗探索》等刊物偶有诗作发表，2014 年出版个人诗集《一列穿过县城的火车》。

看 云

这是九月的一个上午
天蓝得很完整

天上有云
开始是几朵；渐渐多了
堆在一起又慢慢散开
可以打几床棉被
剩下一些，做几件衣服

想到这些，一切就有了温度
仿佛这是一年中最后的季节
而冬天远得可以省略

整个上午我都在看她

偶尔也看看别处
南方的秋天树叶还是绿的

一些细微的风钻进树丛
弄出些许声响
并不影响我看到的感动

秋　天

一想起秋天
就有无数的叶子落下去
一想起父母
就有无数的泪水爬上来

但我不敢放声大哭
父亲已逝去多年
母亲正在一张空床边打盹

我想出门走走
让风来处理这纠结的心情
风只是吹凉了我的身体
却不给我答案

黄花公园

像湖心月光那样美
黄花公园的绿和静
能洗净你脸上的倦容
骨头里的疲惫

五月的蔷薇和玫瑰
可以是恋人，也可以是朋友

美妙的事物无法描述
人间的景色远不止这些
而我将在这里老去

无法老去的还在沉默
就像我爱你；就像七月的忘忧草
一打开，就是凋零

聂沛的诗

诗人档案

聂沛，中国作家协会会员，湖南省三百工程首批入选文艺家。在《诗刊》《人民文学》等刊物发表作品，出版诗集《无法抵达的宁静》等五种。获中国诗歌网 2018 年度十佳诗集等。

太行献诗

我一直想献给你一首诗

一首有点神性的诗

就像秋天打开秘密的天井

仰望里有成吨的黄金

等待我们私分

尤其在漫漫长夜

一颗流星划过群峰

山中小屋的窗口有你的剪影

这就是我能掌握的

全部世界。我们

不提希望和绝望

不提千沟万壑的忧虑

自己的一点点喜悦

或失落，不过是峰峦叠嶂

万古如斯的涟漪……

雨岔大峡谷

光与影的交错——地球最美的伤疤
在厚重的陕北黄土覆盖的地方
雨岔大峡谷：一眼足以万年
你不得不惊叹大自然的鬼斧神工

我和摄影师，除了惊叹
好像用任何言语来形容这里
都变得苍白无力。色彩的饱和
像金唢呐的音调都在高八度之上

陡峭的沉默里，天空更高更远
黄土高原的蓝，暗布细粒的特质
仿佛能咯得皮肤细细地痒
风一吹，心尖的舒服妙到巅毫

那彩色音乐的曲线如同天籁
既然有怎么也道不尽的魅力
那就什么也不说了，尽情地欣赏吧
桦树沟、牡丹沟和一线天峡谷

最后，摄影师让我给他拍照留念
在抹去岁月痕迹的美景中

"不知有汉，无论魏晋。"①
从此，再也没什么让人感到不可思议！

若尔盖印象

牦牛非常喜欢的地方
万里黄河掉头北去
这是它的第一弯
若尔盖大草原，难得一见的云水奇观
在青藏高原的东部，横断山脉
也阻隔了我的想象力

在松潘小城骑共享单车
是一种特别的体验
唐克乡山腰一家民宿
可以吃到八年的豆瓣酱
汉人户主还带我们
跳陌生的藏族舞
赭红的小院洋溢着欢声和笑语

但有人悄悄哭了
原野上的一排排风车
让人看到风的大气和美
有的却静止不动
像广袤若尔盖的若有所思

① 语出陶渊明《桃花源记》。

227

哭泣的姑娘，她的无人机折了
天空又收回了所有的美景
我理解：这就是爱！

牛梦牛的诗

诗人档案 | **牛梦牛**，本名牛梦龙，1977 年生于山西高平，现居山西晋城。有诗发表于《诗刊》《星星》《诗潮》《草原》《中国新诗》等刊物，并入选多种诗歌选本。

落花寺

鲜花拥着落花寺

红的是梅，黄的是迎春
白的，是一丛丛山杏花。
接踵而来的
还会有桃花，樱花，海棠花……

落花寺，注定会和我一样
阅尽人间繁华
我，注定要和落花寺一样
守住最后的一朵清莲。

春日如一句颂偈
走向落花寺的时候，我的心里

还缺少一座寺庙
而刚刚建成的落花寺，此刻
正好缺少一个住持。

玉龙潭

我不想做一个纯粹的人
从来不想
没有一丝杂质的人是可怕的
黄河的强大
在于它泥沙俱下
但我一点也不想成为黄河
我只想：清澈见底
在一次又一次混浊之后
就像今天清晨我所看到的玉龙潭
淤泥和清水各归其位

清水之下是淤泥
淤泥之上是清水

一个人的舍利山

山脚下有湖泊
我的母亲曾在此徘徊
湖面如鉴，照见她绝望却又

不得不返回的生活

半山腰有古寺，我和同学
曾到此春游，夹在我们十六岁青春中
点燃我内心焰火的娇小身影
已消失如天边闪电

……一晃几十年过去了，我也终于登上
过去从没有登上去过的
舍利山
山顶上什么也没有，唯
松涛铺地，明月经天

彭惊宇的诗

诗人档案　彭惊宇，《绿风》诗刊社长、主编。在《诗刊》《星星》《扬子江诗刊》《诗选刊》《长江文艺》《小说评论》等刊物发表作品。出版诗集和文学评论集共五部。获新疆天山文艺奖、第三届昌耀诗歌奖等。

西山曹雪芹故居感怀

我来得确是时候，浓浓郁郁的秋色
尽染一树黄叶。西山正白旗黄叶村
果真就是敦诚、敦敏赋诗寄怀过的黄叶村么

旷世奇才的曹公曾经蛰居在这里
茅椽蓬牖，绳床瓦灶的寒屋
薜萝门巷，满径蓬蒿的山乡野地

红楼一梦，是谁亲历秦淮风月，锦衣纨绔
是谁享尽花柳繁华、温柔富贵后庐结西郊荒隅
一部悼红轩中批阅十载，增删五次的奇书
一部用身世、血泪以至生命凝成的皇皇巨著

大荒山无稽崖青埂峰下一顽石

那无才补天，幻形入世，枉入红尘的公子
果真是宝玉，是你？还是所有时代的我们
好似那神瑛侍者用甘露灌溉绛珠仙草
多少木石前盟，却终归枉自嗟呀，空劳牵挂

一曲《枉凝眉》，是古典的魅女子在婉唱
是的，一曲《枉凝眉》，从故居的地气里似泉涌出
唱落了缤纷黄叶，唱白了西山暮雪
在我心里，弥漫成无限伤情的沧桑之海

太白山：蜿蜒之路

我们终老一生，都在用生命
喂养一条叫作蜿蜒的漫漫长路

蜿蜒之路。青春的血痕与泪光
已变成岁月的丝竹和管风琴声
多少既往的欢恋，轻过无语的叹息

蹉跎。蹉跎是一杯回味无穷的美酒
我们啜饮它，并深嗅其酽酽欲醉的芳香

蜿蜒之路。忽见有一浣洗人间的
莲花峰瀑布，恍若前世邂逅的魅情女子

九九开天关之路。回转的峻岭

楸树灿烂如金，尚有迷误的山花
和红桦坪那裸露着赤爱的手臂

无限光阴，为谁，一步步抬升坚实的履历
而足音跫然，如感喟，如行板，如啄木丁丁
如洋溢不老激情的青铜钲铎之奏鸣

太白索道，缆车中蓦然俯瞰来处
只见那灰白巨蟒，正泛着宁静的微光

我们终老一生所喂养的蜿蜒之路
此刻，美丽得就像一行不曾相识的阿拉伯文

甲午秋月，登长陵

穿越秦咸阳宫遗址，和静谧的北山岗
在古塬的最高处，我看见两座巨型的人工土丘
友人们指向靠西北的一座青冢，曰：长陵
那正是汉高祖刘邦在冥界的永恒栖息之所

秋阳正好。排列如兵俑的小松柏
满目青翠，野草蔓生旷野，竟成葱茏美景
沿左侧灰土路径攀登长陵，宛如一段荒僻山坡

置身长陵之上，似觉有劲风阵阵吹来
牵动万里云色——两千年余响《大风歌》

谁人出身卑微，笑一介东摇西晃的醉汉亭长
谁人走在去骊山修筑始皇陵的道途，暗淡如黑蚁
谁人丰西泽纵放刑徒，芒砀山藏身隐居

谁人敢于乱世呼啦啦扯扬英雄的旌旗
一次次溃败，又一次次翻身跃马，奋袂而起
谁人赶赴鸿门宴，危难中仿若金蝉脱壳而去

谁人身经百战，杀入重围，鲁城平定哭祭项羽
谁人以草根布衣提三尺剑七年勇夺天下……
而今却躺在冢疙瘩里，散落一堆白枭的骨架

耳畔隐隐响起诙谐曲——新儿童歌谣：
长陵边，坠夕阳，汉家陵阙秋草黄
歌风台，击筑唱，鸿鹄奈何泣几行
冷却塔，东南望，雄起渭河发电厂

龟兹古渡

正午。白杏的太阳。灰门楼
一派清朗的古渡桥上，人头攒动
我看见那么多陌生的面孔，匆匆而过

他们高鼻深目的脸庞如同紫桑葚
他们倾斜的身影，像一棵棵移动的

黑李树。杂沓。纳合拉鼓与唢呐的变奏

似有咴咴河风。古渡桥下
宽阔的漫滩任意停放着成千辆驴车
巴扎日的牛羊、柴草集市。热闹的集市

干草和汗畜的浓重气息蒸腾起来
是烈日的酒坛味。黑压压的驴车
一片醇厚的乡土，醉了龟兹古渡

而此刻，浑浑的库车河水，安流在
一道窄窄的沟渠。三五个赤身的小巴郎
仿佛泥色陶俑，偶尔朝这边的尘土举目张望

钱轩毅的诗

诗人档案 | **钱轩毅**,20世纪80年代开始诗歌创作,在《诗刊》《星星》《诗潮》《诗林》《绿风》等刊物发表诗作,多次获得全国诗歌大赛奖项。出版诗集《水的雕塑》。

访皇帝洞

叫皇帝洞,不如叫黎王洞
至少我和同行的诗人大卫这样想

这个岛上最早的王,3000 年前
用石斧、石锛、石铲砍凿出的王朝
在后人燃灭的香烛,和祷告声中显影

几丛老蕨从岩石缝中赊来浅绿
河畔,飞机草占据了大部分滩涂
一头黄牛借枯枝蹭着颈部垂下的褶子
此刻,它的痒应该和麻蚊叮我的痒相同

牛反刍的声音,被脖子下的铃铛覆盖
南尧河水流向大海,无声
是大坝挡不住的部分

237

茶　忆

佛光从云雾低处的地层下长出来
时间停止在眼前的一芽一叶

茶马古道连着西峰岭的经络
远行的叶子将返程的地图，刻入心脉
沸水中旋转，浮沉，打开身体阅读

我们曾经拥有如此简单的爱
让每一片叶芽长成自己的模样
脚步匆匆，直至暮色降临，内心微痛
直至茶香把黄昏撕开一条裂缝

新风凉，才悟出回家的路是离心最近的路
我们在茶树低矮的绿荫中蹲下来
说起那年的谷雨时分

在胡大海庙听神歌

相对于久远的传说
神歌是更具体的存在

锣声熄。老者拉长的尾音

有着古铜的质感
烛火摇曳，神龛里的胡大海
站立在他出生的地方

对面山坡，黄绿相间的芒草
举着生锈的双刃剑。有谁知晓
他木质的内心，是否还装着
朱家的山河

夜空中，微弱的白光闪过
一朵泡桐花掉落在路旁

如风的诗

诗人档案 如风，作品见于《诗刊》《星星》《扬子江诗刊》《作家》《作品》等多种刊物。著有文集三本。曾获诗词世界2016年度女诗人、《现代青年》2019年度十佳诗人等奖项。

经　过

塔里木河从塔克拉玛干经过的时候
千千万万粒沙从祷告中抬起了头
这时，羊群就要转场
西伯利亚的风正在翻越西天山
天空蓝的有些虚无

一只鹰向着那高处的虚无拼命飞去
而河流两岸的胡杨一同站在尘世里
它们见证了一切，但从不泄露风声

西部的秋天黄了又黄，你经过我之后
我的发间，又多了一层霜

67号界碑①

江山无数
哪一片疆域都是故国。
但所有的河流只有一个远方。

界碑在此。
有些话，是不是你终究无法说出？
此时的喧嚣是瞬间的事情
孤独，才真正属于界碑。

白日在上，萨吾尔群山静默无语。
我站在你身边
抬头望云。

盐

海西，六月的风吹过
猎猎经幡在风中为苍生祈福
有人围绕敖包双手合十
有人提着裙角在盐湖起舞
我在风中
看云

---

① 67号界碑位于新疆吉木乃口岸。

人世间，有多少一饮而尽的蹉跎岁月

到最后，不过就是凝结成

体内的一粒盐

我们揣着这粒盐

深一脚浅一脚走在这苍茫大地

阮雪芳的诗

诗人档案 | 阮雪芳，《红棉》主编。现居深圳。

画中莲

风暴悬注在头顶
莲花燃烧的半熟果子
总有一些事物为夏日而生
身体的旋涡在风的花园中开放
一种从未有过的色彩占据了所有色彩

画笔下
不可多得的美如此强烈
一束光抵达世界的心脏
像一个女人
用一秒爱尽了一生

山　间

石子是散落的器物
装着旧事　流水
澄清不必要的量子纠缠
蝴蝶折叠一块光斑
投入月亮的炉门
一个登高的人漫无目的
白雪陡增内心的深度
再往林间
二三梅花偶得的欢喜

多久了
我已不在意
提取一个什么样的视角
用来凝视这肉身的深渊

一枚醒着的钉子

深夜，地球上的一个国家
国家的一个省份
省份的一座小城
一条江，江边的

一个人，站着，好像一枚钉子

一枚醒着的钉子

冷冷地钉在地球表面

弱水吟的诗

诗人档案 | **弱水吟**，原名龙巧玲，中国作家协会会员。作品散见于《诗刊》《星星诗刊》《诗选刊》《飞天》《海外文摘》《作品》等刊物。曾获第四届、第六届甘肃省黄河文学奖等。

野鸽子

"等不得也……哥哥"
你说，是野鸽子在巴彦淖尔喊我
野鸽子是不是这么叫
我从来没有听过
包括安达 巴特尔
你说的冲胡勒 锡林郭勒
我也没有去过

你说什么我都信以为真
相信一列绿皮火车
一定会到达海拉尔
桦树皮的小木屋
周围开满野百合
阿布做好饭菜等我

"等不得也……哥哥"

野鸽子在梦里

喊了十八声，又十八声

天快亮了

雪下得那么沉醉

千万不要叫醒我

马场夜

是擎天的柱子冷龙岭

撑起鸢鸟湖的天空

是喂养雪山的云朵

将皇冠戴上高原的额顶

如果能飞上最高的鹰墩

伸手就能摘到星辰

如果把眼睛镶嵌进蓝宝镜夜空

一颗流星就是信使，请侧耳倾听

七月风尘仆仆

落月在群山架起一尾竖琴

天河如弦，星光如雪

谁弹响一串马蹄，谁就是草原之神

孙启放的诗

**诗人
档案** | **孙启放**，长期从事高教工作。著有诗集《英雄名士与美人》《皮相之惑》《伪古典》《蓝》等。曾获安徽省政府文学奖。

十二青檀

镜中有荒野。
十二青檀
时间展开空空肚肠，鹰
展开飞行羽，大石之上的金属刮痕。

脏器半空。平衡是一节
紧绷的钢丝
牵引无尽根须，于泥土深处收服永夜。

镜中乌有，云漂移。
十二青檀千年一叹：打不碎所有的镜子；
唯作十二只锚
唯锚入这苍郁避世的青山不改。

马鬃岭

隔空投送
亦有神灵
树木简化为一行鬃毛。

骨骼清奇。奔跑，马尾笔直如箭矢
马鬃岭上乱石纷崩。
嘶鸣隐匿。马
低头食草、惬意打响鼻的情节
通常被省略。

我有迎候神灵之诗
无有执念。
山的波涛，天光荡漾
作为幻觉中的好骑手，我会马语
避人言，马一样思考。

吊水岩瀑布

青山被侵袭
挂壁。蛟，水汽淋漓。

纵身，朝向深渊。一叠、二叠、三叠

破三重鬼门
追赶低处；
蛟挟无情之水，被迫之水
有虎狼之性。

蛟身斑驳。一睛至阴，惨绿；
一睛至阳，火红。
蛟疾行，横切山之柔软腹部
群峰急退。

天地开阔，至阴至阳之气交媾
蛟通体洁白；
白蛟临世。
天下江湖。

邵纯生的诗

诗人档案 | **邵纯生**，中国作家协会会员。诗歌散见于《人民文学》《诗刊》《星星》《山东文学》《作家》等刊物，入选多个诗歌年度选本，出版诗集《秋天的说词》等三部。

玻璃上的路

玻璃上的路通往四面八方
但没有一条确信可以抵达未来

所有的路都从平面拐入歧途
在原点上坐化，或消失

阳光又一次错过了出头之日
无头苍蝇发现了痛苦的发源地

车灯后视镜倒映出午夜的穷途
饥饿的蝙蝠看清楚自己丑陋的面目

玻璃外的雨水开辟出许多新方向
通往人间若干未知的目标

一个背气的诗人，把虚妄的梯子
错搭在玻璃接缝的暗影里

月光如篱

这一地的月光堵塞了黑暗的出口
秋日的深夜，月光如一道竹篱
抽掉了其中柔软的成分
洒下来的细丝，像漫天荆棘和芒刺
黑暗哪儿也出不去，被月光追逼
剩下两条路可走：投降，融入月光
或者自己找灾，掏出刀枪拼命
留下一个战死沙场的好名声
这两种结果都不是我能接受的
一声尖叫，忍不住从喉咙冒出来
而真正的惊惧还压抑在盲肠——
这有多么可怕，夜丧失夜的权力
从天空到大地，一切都浸泡在月光中
明晃晃的，没有交替更迭
只有一种物，像长明灯统领着天下——
黑暗死了，篱笆挡住了外界的侵入
动荡的命运或许就此安顿下来？
我仰头望天，天上空无一物
关键时候，神灵们总是装聋作哑

接 收

影子越过瓦片，在背阴的墙根下聚集
落到地上的叶子，像一群灰鸟
打消了再次飞升的欲念

立冬之后，空旷的天空凉了下来
光线擦出细碎的风声
瘦长的小路，从眼底伸向原乡
缓动着渐渐浓郁的愁绪

凋零是必然的事，躲闪不开
天上，所有的声音开始大幅度倾斜
飘摇的事物一无所依
人间掉下一地无法扇动的羽毛

我闭上眼睛，扪心自语：
伤的，死的，凡是飞不起来的事物
都请接纳到大地的子宫里去

石玉坤的诗

诗人档案 | **石玉坤**，安徽宿松人。中国作家协会会员。自 20 世纪 80 年代开始发表作品，出版诗集《大地的远》《从清溪抽出丝绸》。曾获安徽省社会科学文学艺术奖，马鞍山市政府太白文艺奖等。

凌云塔

浮云寄远，山水寂寂
草木各有姿态
山中，乱石如累
像卸掉的生活之重

经书刻进石头真的不朽
一块残碑，冰冷的身体
有热血，有悲悯之心

塔，用八方的铜铃说话
它的投影　成为迈不过去的坎
无论上或下，来或去
塔梯给出人世的波折

赤乌井

不可测的人心有多深，仿佛
井水退回深处
就真的找到了事物的源头
有多少人想窥探其间的秘密
木桶有力的一击
总化解于空洞的回声

桶绳抛下去一尺
沉寂又沉寂一寸，我宁愿相信
它是一口深埋的沉钟
一次次撞击，不在醒世

青铜易锈，流水不腐
不断挣扎的涟漪
或许正是传说中，那枚
彩石的斑纹

冬雨中寻汪伦墓

一个人要埋多少年才值得去看
山径湿滑，冬雨瘦冷
撑伞在山中徘徊

每一次迷失幸得乡人指点
转弯过后总见新风景

还需要一些假设，一个
有千尺深情的人，死
会怎样埋葬自己
岁月深处　有人踏歌，有人舟行
桃花随风像无力的呼喊

墓前，一桥，一树，一涧溪
桥隐人迹，树显古意
唯有溪水在一路追赶，无论
丰盈，或者枯瘦
都揣着一颗四海心

衰草掩冢，石兽寂静
当冷雨滴落坟头，墓碑上
雨水的光亮像来自民间的善
没有一种情感可以重复
"潭畔一痣，只为那人点睛"

苏启平的诗

诗人档案 | **苏启平**，中国作家协会会员，湖南省作家协会教师作家分会副主席。有作品在《星星》《山东文学》《湖南文学》等刊物发表。获第二届叶圣陶教师文学奖、第十二届中国散文诗天马奖等奖项。著有散文诗集《回不去的故乡》等四部。

隐真观的黄昏

夕阳躲进山里，村庄单调
只剩下天空最后一片云彩
明亮、艳丽，宛如隐真观
在所有与道教有关的故事里
拥有生动的情节与鲜明的画面
乌云遮掩炊烟，一株水稻
在余晖中畅想秋天的金黄
悠悠白云，袅袅炊烟

今天我们一起铭记洗药井
石臼、铁钟，横放在地上
模糊的道士墓碑，古老的记忆
是历史深处散发的阳光与温暖

聚集在一起发出耀眼的光芒
在老墙角的一根草里，我感受到
故乡莫名的激动与巨大的智慧
古道上接踵摩肩的香客陆续
走进夜晚我并不宽阔的梦里
一起解读没有句读的卦签
村庄在柔软的月色里得道成仙

洞阳山的传说

洞阳山是传说，九龙山
是传说，两个传说肩并肩
一起向前走了一千多年
回望历史深处，一片神秘
蛙声、月光，村庄万籁俱寂
水稻让一个叫作丰收的词语
俯首帖耳。我站在洞阳山上
思绪腾云驾雾，飞向月亮
求证一座山与另一座山的渊源

孙思邈此刻无处可走，最终
在一片没有命名的天空下赏菊
煮酒、洗药，用心医治每一位
贫病交加的村民，在峡谷面对
春心萌动的溪流，开怀畅饮
你炼丹的炉火不在，后山的树林

依旧怀念仙丹的灵验，怀念飞龙
化身而去的山洞。从此秀美的山体
依次写进皇帝的敕封，洞阳山
以第二十四洞天之名融入村庄
融入包括道教在内的中华文明

鄱官冲

上个坡，转弯就是鄱官冲
从这里走进来，走出去
起点与终点，四十多年的重复
我清楚每一块石头的棱角
每一棵树木的年轮与大小
老屋是它永不停息的心脏
房子变了，晒谷坪没了
喝一口香甜的茴香茶
想念母亲脸上的皱纹
屋后颗粒饱满的玉米
把屋檐围了个大圈的稠树
藏着密密麻麻的心思

青石板横搁在奔流的小溪
田埂连接着田埂，稻田
像手牵着手游戏的孩童
白石尖下，山峰紧挨山峰
像一把展开的定情纸扇

藏掖着一座村庄的烟火
石头以自己独有的坚强
在崇山峻岭间传播理想
燕子剪出一朵一朵的云彩
池塘里无数的山羊与野兔
像鱼一样生活在山冲

谈雅丽的诗

诗人档案 | **谈雅丽**，中国作家协会会员，湖南诗歌学会副会长。出版诗集《鱼水之上的星空》《河流漫游者》；散文集《沅水第三条河岸》《江湖记：河流上的中国》。

异乡人

我被疾行的客车
抛弃在傍晚的站台，暮色越燃越暗
空中传来巨大的轰鸣，使我确信自己陷入
无力自拔的漩流

我何必远走天涯，手中握着破碎的蓝玻璃
路灯点亮，无非是给异乡人最后的安慰

拖着沉重的行李箱，滚烫的地下通道
陌生的过路人——面色平静
我描述一切，橱窗里透明的灯火
预示这是享乐的人间
我想念家里的米饭，书桌上的那杯热茶

我在陷入，如同一只灰雁

挣扎着把地球当作了我的指南针

——高高悬空的飞行
和微微发亮的地平线

溪水的画布

光阴是一张可以折叠的画布
我相信，是寂静创作了这座峡谷
它把深黛的背影，投射进深澈的溪水

是溪水，打开一座村庄的呼吸
在春光明媚处，转绿的枝丫在风中轻摇
一点淡黄，淡青，淡褚，淡绿
铺垫了缺席的荒蛮
我听见流水声，破败的民居开始在夕阳中苏醒
牛羊归圈，峡谷深处寄住的人家升起了炊烟

有一方鲜艳的围巾，摇曳着山村的记忆
拐弯处一双牛眼，瞳孔里藏着已逝的光影
有一声鸟叫，杜鹃或是喜鹊在远处鸣唱
嗓子里含满的清亮水声，它使一幅山水画
在旦暮中复活

如你所见，亲爱的某——
"我们走过的城市、山川，都化成了我们的生命"

河流漫游者

我到过沅水每个县，每个乡，每个镇
河流灌溉的每个村庄——和荷花盛开的水网
涨水时我摸过这条沸腾的水龙
守堤农民日夜看护，但它狂热奔涌
瘦水期它是一面清碧的银镜
是诗经里抖出来的——
飘荡、微澜的一匹丝绸

我看到过河边少女腼腆的笑
穿在她身上的水光，映在流逝岁月的渔网
插秧农妇满脸泥水，扔在稻田的软盘
一串串笑声在绿色的春天飞扬

我感受过父老乡亲的辛劳
打稻机轰隆而响，新棉采摘，稻谷入仓
守在禾场的一声轻叹
河流如赤子，守着他们日夜喧响

我安慰过河边病妇，她悲伤的脸
带着对世界的无限眷念
我牵过一个留守孩子脏兮兮的手
他把我当成了他的哪一个亲人
是姐姐，阿姨，还是广州打工的妈妈？

我听过破旧校舍传来的琅琅书声
傍晚经过建筑工地，看到骑车回乡的
一长排乡村自行车队，铃声叮当
夕阳下每个男人，都背着最小的梦想

我采摘到一个温柔的黄昏
我遇到一对回乡过年的恋人
他们在柑橘树底牵手低语，规划明天
小伙生活在南方的河岸
那姑娘却来自中国最北的另一个村庄

我是一个河流漫游者！
追逐沉水的木芙蓉，开在尘土飞扬的路边
我走过的大地反射着普通的光芒
我见过的村民——执拗、善良、坚强
离乡的灯光照耀着他们的孤单

我是一个河流漫游者
我听懂河流与我的每声絮语，每次长谈
那悲悯，那伤感，那无奈，那期望
如一头小牛爱恋乡土
疲惫时，让清亮的河水洗净尘埃
干渴时，记得把柔和的嘴唇
——伸向滔滔的河面

唐诗的诗

诗人档案 │ **唐诗**，本名唐德荣，系国际诗歌翻译研究中心名誉主席、世界孔子学院终身名誉院长。出版诗文集十余部，诗歌作品被翻译成十余种文字，入选大学教材。先后获得中国作家出版集团奖、中国文艺百花奖、中国艺术百花奖等奖项。

西湖断桥

伞上无晴空
撑伞的女子，独自走向
断桥雪风

去寻许仙遗踪？去找白娘子
陪同堤上看柳
去听想听而听不到的莺啼
弦上断了春风

她不知世事已换
一滴泪水藏有恨海，一朵乌云
可以化为倾盆暴雨
不再是荷花开遍西湖，青草如光芒

保俶塔在一旁沉默
雷峰塔塌了又被扶起，灵隐寺虽是
换不了钟声
但断了的神话，谁能来连接
又有谁
怅然拂雪而回

去吧，去吧，缘来缘去
聚散在伞下
已经没有了什么惊喜与恐惧

看流水

看流水
在兰州，黄河边，上午
左岸的河床在发烫

浪浑浊
挥斥间，大量的话语泥沙
淤积于河边
斑驳陆离的残霞，一片迷茫

我有一个硬石般的撞击
而回声
不是响在流水中，而是骨头上

像是滔滔歌唱
长而悲怆

黄河黄
黄到我来为你写时，你当清亮
就如身边站着的女子
堪比新娘

重要的是灵魂要新
改造要强
虽然没有什么能够摧毁时光
即便它已成过往

汤红辉的诗

诗人档案 | **汤红辉**，红网文艺频道主编，湖南省网络作协副秘书长，有诗歌作品发表于《诗刊》《诗歌月刊》《黄河》《延河》《鸭绿江》等刊物，并入选各种诗歌选本。

在黄姚古镇我动了凡心

姚江、小珠江、兴宁河
三河蜿蜒流经黄姚古镇
于是老樟和瘦石有了水的身姿

沿着河埠头而上
河水混沌着阳光
揉进老街石板路上
每条街都是一条慈悲的河流

而我只想成为鲤鱼街上的一尾鱼
台阶高三级　力争上游
但今生我不跳龙门
只为渡人

黄姚三日

第一天，我赤脚踩着青石板穿街而过
左手一只鞋，右手一只鞋

第二天，我坐在屋顶听风吹过黛瓦
每一垄瓦，都是古人写下的诗行

第三天，我后悔没带你来
顺手扯下三尺斜阳就酒，一醉方休

华盛顿的国家广场有个马丁·路德·金雕像

在白宫和五角大楼前
我们曾与麻雀友好对话

在美国国家美术馆里
我们与凡·高自画像长久对视

路过国家广场时
白色马丁·路德·金石像仿佛在向我招手

这尊出自湖南人之手的雕像
流淌着中国人的血液

田暖的诗

诗人档案 | **田暖**，本名田晓琳，中国作家协会会员，山东省作协签约作家。著有诗集《隐身人的小剧场》等。诗歌见于《诗刊》《新华文摘》等刊物。曾获中国第四届红高粱诗歌奖、叶圣陶教师文学奖、第二届网络文学大奖赛诗歌奖等奖项。

天蒙山之雾

这样的天气
一座山和我都陷在各自的雾里
像各自怀有的梦，无法磨灭

乳白的雾中
山只把一小点真实的世界留给人看
忽而青山隐隐，忽而悬崖绝壁
忽而高山流水，忽而落木枯槁
更多的留白，像幻象

行走在玻璃铺设的悬索桥上
我如履薄冰，步步惊心
雾穿在身上，梦行走在途中

足以置万险于脚下，让波澜不惊

能够像山一样跃起来多好
仿佛轻盈一跃
就抖掉了周身的浓雾和不被看见的奇险
就跃成了茫茫雨雾中突然凌空万丈的绝美山巅

珠日河赛马

是珠日河的丰茂给它们力量
还是扬起的马鞭让它们四蹄生风

跑道上，马群像迅速朽去的果实
时间的闪电检测着它们奔跑的天性

跑在最前面的竟是常被睨视的矮腿马
燃烧的鬃毛飞举着不肯屈服的灵魂

走马，是最优雅的艺术，它深谙
速度的控制、力量的迸发和情绪渲染

都仿佛箭矢恰到好处地击入靶心
尽管走马观花，像以讹传讹的野史

群马欢跃时，祈福的哈斯塔娜
像草原女神把双手从胸口举过头顶

恰似火种传递时，一个人的热泪
也为拴在赛马场里祭祀的马匹奔涌

我喜欢的马挣脱了缰绳，它撒着欢
拒绝马背上的英雄，因为它就是英雄

马儿们冲出赛道，跑进我们的胸膛
人们的身体里奔跑着马的河流

就像草，在指认自己生长的草原
就像长鞭，在驱动时代要驰骋的骑手

淌水崖

大片大片的薰衣草，它们的静和美
轻轻就压住了整个山顶
像头上戴着花环的美人儿
飘动的衣袂和芳香
从紫色的梦境向九山流淌

山下的淌水崖是雄性的
我震撼它是用百万车轮、肩膀和水泥
集体托举的一道长虹
它横空出世的力
是一座电站，是渠道里哗哗流淌的银子

272

是它怀里生长的一朵小花
引我们团团轻嗅着它时的样子

从山下抵达山顶
人们在陡峭的振荡里忍不住惊叫
时而垂直，时而九曲十八弯的
穿天肠，就是从力到美
不断被鸟翅和闪电一步步提升的过程

田耘的诗

诗人档案 | 田耘，《诗选刊》杂志社编辑部主任，中国作家协会会员，文学学士，哲学硕士。诗歌见于《诗刊》《解放军文艺》《星星》《诗歌月刊》等刊物。著有《石家庄长歌》等。曾获清华大学出版社迎国庆70周年全国最佳诗歌奖等。

在石太铁路线上

跨过太行山，一路向西
在石太铁路线上，怀揣一副"正太铁路"
扑克牌的人，是一个怀揣百年心事的人

取自1913年法国人照片的54张牌上
那些趾高气扬的洋人监工、太原府城门前
与洋人合影的畏首畏尾的清廷官员、沟渠旁的工人、
牵驴的农民，倒映出一部黑白的中国近代史

照片上那些双拱桥、三拱桥和四拱桥
它们究竟都去了哪里，太原府曾经用来
防止汾河泛滥的那个镇河铁牛，也许只能
在法国人拍摄的一张黑白照片上

向 100 年后的人们刷出存在感

作为石家庄人，我必须要向一条铁路致谢
向在迤逦的太行山间，擎起这条
百年巨龙的 1200 座桥梁和 23 个隧道致谢

虽然火车为石家庄拉不来燕晋咽喉的
太行山、南北要冲的滹沱河
拉不来井陉盆地、肥沃的冲积扇平原
拉不来 30 万个光阴的故事，但正太铁路起点的南移
确实令默默无闻的乡野小村"石家庄"一跃而起
把一个 200 户人口的小村与一座华北重镇
之间的距离，缩短为短短的三十年

滹沱河下游对上游的问候

三百公里外仍然是故乡
我们共用着一座父亲山——太行山
共用着一条母亲河——滹沱河

行至滹沱河大桥
同车的原平诗人秀蓉，显然不知道
我来自石家庄，开始热情地给我
介绍"滹沱"二字的写法：
左边三点水，右边是老虎的虎去掉几
"下面是之乎者也的乎"我立刻打断她

在秀蓉惊讶的神色中，我向她
捎来滹沱河下游对上游的问候
捎来雪花梨之乡对酥梨之乡的问候
石家庄的梨花已经谢了，原平的梨花
恰到好处地满足了一个
还未来得及去赵县看看梨花的
石家庄人

在井陉口

赵将李牧泣血的忠魂还在
长驱直入邯郸的王翦大军还在
秦皇尸车上，鲍鱼和腐尸的味道还在
秘不发丧的赵高，将大秦帝国
由顶点推向深渊的那团阴云还在

绵蔓河边丢旗弃鼓、佯装败退
却已胸有成竹的韩信，还在
被韩信亲手解开绳索的俘虏
李左车眼眶中的晶莹，还在

土门关外，让百名骑兵扬起的烟尘
代替王师大军的颜杲卿，还在
那封深夜出城，从真定插翅飞往太原却被丢至一旁的
告急书还在。切断安禄山后路

以一当十的郭子仪、李光弼，还在

兵困粮乏，身中四枪、壮烈殉国的
老将种师道还在。将井陉乡民护送
至天台山深处的种师闵还在
靖康元年九月初三，井陉山谷的
号角齐鸣、乱石飞滚、箭似流星还在
尸横遍野的十万金兵还在。井陉城破之日
遍地流淌的血水中，浸泡的几千颗忠心还在

光绪二十六年，趁雾偷袭东天门的
法国侵略军还在，老鸹岩的激战还在
屁股受伤的法军头目，还在
屡战屡败后改向腐败的清政府施压
迫使刘光才含泪告别井陉父老的
法军，虚无缥缈的议和诚意还在
佯攻刘光才镇守的固若金汤的固关
却疯狂进攻守备不力的娘子关
从后路包抄刘光才的企图终未得逞
由此不得不
重新进行审视的目光，还在

如今，令罗马古道、丝绸之路、茶马古道
全都黯然失色的井陉秦皇古驿道上
从岁月长河中沉淀下来的无数
驿道、驿铺、关城、关楼、古槐、
驿马槽、驿马井、车辙印

向你默默传递的，是一个民族
五千年的悲，五千年的喜
是河北、山西、陕西三省通衢
一百公里的爱，一百公里的恨

土门关向右，固关向左
一条路的故事，仍然未完，待续

在红门书院

在东南贾村的红门书院，在韩玉光先生
祖屋的南墙上，几十张山西诗人的脸
瞬间震撼了我。其中有几张脸是我熟悉的：
雷霆、潞潞、张二棍、韩玉光
更多的脸是我所陌生的，但这并不影响
我在观察它们时所持有的亲切感
这些或微笑或沉思的脸，具有中国诗人
的脸上应该具有的一切特质
更重要的是，这几十张山西诗人的脸
肩并肩挨在一起，出现在一个小村的墙上
这件事向我，一个外省诗人，透露出一种不可思议的讯息

凸凹的诗

诗人
档案

凸凹，本名魏平，诗人、小说家、编剧。现为四川省诗歌学会副会长、成都市作家协会副主席。出版有长篇小说、诗集、散文集、批评札记诸书二十余部，其中获奖图书七部。

玉垒山

岷水去往成都，
玉垒山是绕不开的礁石。
换言之，
滥觞湔水的玉垒山
亦是悬在成都头上的水之滥觞。

因于此，鳖灵决过，
李冰凿过。
因于此，一座玉垒山
变成两扇门，
将外来的岷水关在门外；
将向内的岷水放进来
又放出去。

我无数次去过那里。
去过斗犀台、马王殿、玉垒关、禹王宫和
二王庙。
甚至在荒草中遇到过
一位森林诗人的墓。

玉垒山是看都江堰市容和渠首最好的地方。
一览无余，
死角都没有。
但看不见玉女房。
看不见白沙邮。
看不见大禹的铜斧、望帝的杜鹃。
最应该看见的李冰李大人
也看不见。

但看得久了
就看见山脚的河流慢慢高上来。
高过玉垒山。
把玉垒山和我带去了
与河流等高的平原。

水　则

宝瓶口进多少水
必须由三石人来测定、来开口。

这是李冰的原则
也是水的原则。这个原则太古老太先进了,

以至于用三石人作水志、水则
成为历史上关于水的第一部法典。

法典规定,即便涝旱之灾比天都大了,
高矮也只在三石人的肩足之间;

涨落也只在雕塑家的美学之内
和尺牍的狼毫之末。

以水投石的典故
在这里是标准的反面教材。

汉代,供奉在李冰祠里的石像
一夜之间,神秘消失。

直到前些年才被发现,他跑去当水则了
且一当就是两千载!

我们于是知道
李冰把水则看得比命狠、比神重。

三　祠

秦并天下，在始皇看来，
名山、大川的鬼神
也出了鬼神的力。

于是，从全国四十六郡上奏的信奉清单中
钦定十八处祠所
上升为国家级别。

于是，蜀郡独占二祠。
《史记·封禅书》载：
"渎山，蜀之汶山；江水，祠蜀。"

除了渎山祠、江水祠
李冰还在大秦河山的偏旁部首之外
为蜀人祖先立有一祠——

是蜀主祠、鱼凫祠
还是望帝祠？
蜀雾的障眼法让史书烟波浩渺，迷途难返。

隔着蜀雾，我们清楚看见
时间东侧的三祠，正是时间西侧
那架迎水而立的杩槎。

而枸槎迎水面信奉的
是住在三角形几何学里的
古蜀民。

涂拥的诗

诗人
档案   涂拥，川江都市报《川江》诗刊主编。有组诗发表在
《诗刊》《星星》《草堂》《汉诗》《诗潮》等刊物，并有诗
作入选多个诗歌年选。

鹅卵石有何不同

想不到太平洋岸边

还为我留着许多好看的鹅卵石

可以随便捡

上飞机前我却只留下一枚

害怕海洋太沉

让天空超载

我只想将它与长江鹅卵石

作一下比较

唐古拉山石头

不远千里经历亿万年

冲到太平洋

究竟会有什么区别

后来我把它放在长江鹅卵石中

没人看出异样

虽然有点惆怅

却不妨碍年年都有石头

跳入长江，奋不顾身奔向海洋

韭菜坪的高度

山脚景区门口

竖有一木框，标有海拔 2777 米

这是韭菜坪高度

也是热闹高度，人们兴奋的高度

放得下蓝天及游客

此时你还看不到花朵

只有继续往上攀登

山顶上出现同样大小一木框

也是装满蓝天白云

这多出来的 2000 米海拔

多出了汗珠高度

野韭菜花开的高度

只有抵达了这儿

才能发现分别在两个木框前

都留影了的人

他们所处位置不同

王爱民的诗

诗人档案 　**王爱民**，某文学杂志主编。作品载于《人民日报》《诗刊》等报刊，出版诗集《欣赏一种秋天的背影》等。曾获李白诗歌奖、杜甫诗歌奖、曹植诗歌奖等奖项。

开封：在宋词的故乡

月亮在宋词里保持湿润
宋徽宗把它当口红送给李师师
赵匡胤千里把京娘送，必有一条回来的小径
梁园里一块画壁好题诗，像州桥明月
三千湖水紧扣诗眼，把一阕宋词唤醒

五千年就是一声声诗词的唱和之声
虫鸣锯木岸上踏歌的天籁，都是佳句
十万朵菊花于皓腕下，开落成故乡八万里的月色
一条河有抑扬顿挫，在宋词里拐来拐去
一首词爱另一首词，爱君子之风

内心宽广的人善用赋比兴
一只虫子在词牌里穿梭
肺里装满开封的天空和初恋的爱情

一叶轻舟摇瘦的黄昏如瘦金体
将笔画伸入水中作浆，捞取春江月色
一片月光读响另一片月光
宋词堪比秘方，放在胸口可以治病疗伤

明月升帐，铁面无私唱大风
在开封，树木腰杆挺拔，走路走直道
穿堂风喊起堂威，包公园把一碗水端平

将栏杆拍成临窗的东篱
人人身上潜行一条汴河，终会夺眶而出

鹳雀楼：雀归来，把滚滚黄河浪收回

雀归来　翅膀
把滚滚黄河浪收回

高于炊烟　高于暖暖的鸟鸣
高于等候的手
飘飞的衣袖千年未变

站在高处真好
远山新孵着太阳
水是山的新娘
山是水的牛羊

黄河在远处黄着　滚落了白云
通俗的道理
像读小学时老师捅开了窗户纸
白了

举头望你　望你成天上月亮
水里的碎银子让清风带走
伸手摘下云朵　带回家去
给妈妈做件温暖的衣裳
琴声悠远　在心中
为你辟出一块高地

树叶悄悄返绿
就做你楼下的一株小草吧
天天看你
一层更比一层高

王彤乐的诗

诗人档案　王彤乐，1999 年生，现就读于西北政法大学。作品散见于《诗刊》《星星》《扬子江》《诗歌月刊》《青春》《作品》《山东文学》等刊物。

小星星变奏曲

"花园里的恋人，水缸里的鱼
他们都在计划飞行。飞行
像小星星一样，满天空，满天空地游荡"

这时候，她清脆的梦，再一次
被他咬出一个动人的缺口。晚风趁虚而入
星星们被吹得泠泠作响
她起身，披着微凉的夜色，照顾软乎乎的
兔子，猫咪，小山羊，长尾猴
入睡。婴儿车里鲜艳的手摇铃偶尔打破
沉寂的空气，水花乱溅。观星
透过儿时钟爱的望远镜，总能看到他
那个草坪上踢皮球的男孩，在金黄色的光里
奔跑。从暮色里抽身，收割机

已经停止了轰鸣。整个九月的杂草在里面
私语，彼此打探秋日菊的下落

她的星星们俯身于水雾观望人间。旧信纸
从楼梯尽头飘落，像刺槐结出的雪
像此刻的霜。饱含亮晶晶的忧郁，长大啦
那些音符燃烧，琴声渐弱

而宇宙生灵唯有她，懂得光

白日光

多年以后他走向我，像那首干净的钢琴曲
明媚而澎湃。天色已然入秋
我们坐过的椅子上，将死的夏虫欲飞不能
铁栅栏在一场又一场的秋雨里发锈

落叶喧嚣，城市深处的摩天轮
在低空下缓慢旋转
我的指尖冰冷，局促，掠过那排
尘封已久的琴键。携着早落的霜为他配乐

日子啊总是一件虚设的工艺品，刻着长裂纹
摆在衣柜里，阳台上，洗漱间……
时光之畔杂草丛生，盈满了白色的
虚拟的光。那些神的孩子在广场上嬉闹

回音久久不散

当白日光，暗下去的时候
鸟低飞，树轻吟
秋天借此燃烧，枯木掉光了所有的叶子
落尽了蓬勃的爱欲。大风吹来
他不知道水波的去向，我也无从知晓

这场白日光，又会白多久
多明亮，多坦荡。

无尽夏

后来你变成夏天，随晚风
在我嫩绿的世界里飘滚

北方，白云硕大。她还在售卖
粉红色的冰淇淋
傍晚，我们抚摸的黄昏有着玻璃的质感
把更大的光明带到夜晚

从超级市场走出的人们一哄而散
小区，游泳池，或蔬果摊
他们都有着自己的下一处归宿
或停留，或周旋过后长久地停留

只有你眯着眼睛，颜料溅到脸蛋上
人间的夏天曾令我多么地纠结
难以启齿，羞于描摹。
而如今我又心血来潮，愿意捕捉那些
误入其中的，动人的风

它们像你一样永无止境。

王小妮的诗

诗人档案 | 王小妮，1955 年生，诗人。出版有诗集《我的纸里包着我的火》、散文随笔集《手执一枝黄花》、非虚构作品集《上课记》、小说集《1966 年》等多部。

超市里堆满米袋

米袋堆满过道
只有经过叠高的粮食
才能进到店里
走在前面那个说
大米巷道这主意好。
每只袋子都装了最多的米
它们足够满
也足够紧张
袋口都扎得死死的
死死的垒出一窄条方向。
反正人人都少不得粮食
反正我的心
没在我身上也有一阵了。

王志彦的诗

诗人档案 　王志彦，在《十月》《诗刊》《北京文学》等报纸杂志发表诗歌千余首。出版诗集《像虚词掉进大海》等。曾获得第三届李白杯一等奖、第三届中国曹植杯一等奖等奖项。

一棵古葚树在移动着流水

1

在颐寿园，一棵古葚树
身披黄河的意象和明月的隐喻

它蓬勃、激荡，像三千丈流水
它低吟、感叹，像群峰涌入胸口

一棵古葚树怀揣着黄河故道的诗意和豪情
是它看到了更多的凉薄和绚烂

越走越远的黄河，弹起旧琴
越听越沉重的琴声，多像暮色下的乡愁

一棵古葚树，在暮色垂临时举起了酒杯
它的温柔之心，像天空的明月移动着流水

2

黄河渐远，古葚树
已是夏津不可或缺的一个偏旁

那么多人背井离乡，让灵魂在月光中震荡
那么多古树，开花、结果，抵达温良

谁能像古葚树一样，安慰黄土
谁能把乡愁从古葚树中抽回

一切生命，皆是光阴的隐喻
葱茏于时空中的古葚树，正在表述我们遗忘的部分

王子俊的诗

诗人 档案　**王子俊**，诗歌、小说散见于《人民文学》《扬子江诗刊》《星星》《诗潮》《诗刊》《安徽文学》《江南诗》《诗收获》等刊物，获第八届扬子江诗学奖。

我不了解的小世界

一大早，我就碰见了
那颗闪亮的悬星，
凌驾于山峰上。像小灵魂，如此的孤零零。

或许，这不过是一个巧合。
我用纸巾擦了擦眼镜片
天空已空。只有身体还在长出蓊郁苍翠。

我不了解的小世界，
再过半小时，
尘埃会带着雨云，在任意的山势踉跄，簌簌地砸。

山间叙

一想到山间那些烫手的历史，
我们便开始谈论，
萧瑟
像马上要下来的暗。黑沉沉，一大片。

危机，也往往让人始料未及。
像枯枝上，几只斑啄木鸟，
用唇喙
笃地一下，就封住了，槭树林落下的灰寂。

我们一谈及，岭上松涛深藏。
从云南出发的大风，
像脚起泡了，
干脆就让那些变形的晚云，落到了四川。

温青的诗

诗人档案 | **温青**，中国作家协会会员，信阳市作家协会副主席。曾获第二、第三届河南省文学奖，第二届杜甫文学奖等。有作品发表于《人民文学》《中国作家》《青年文学》《解放军文艺》《诗刊》《星星》等刊物，著有诗集七部。

以雪为马，去天边追寻一道影子

和雪花一起出逃者
一定是我追寻了许多年的那道影子
他不一定是白色
却到处留下了雪花的脚印

大地放缓，一些随风沉吟的事物
决定不再攀爬
它们就地站立
成为一匹白马写在雪地上的悼词
远在天边的那个人
正在完成一个虔诚的仪式

父亲在每一片雪花里长眠

雪花在大地上勾勒出父亲的容颜
那些凸起的部分
是一个个饱含泥土的日子
在寒风中覆盖人间

我是父亲遗留给新年的草籽
在大雪下，收好了旧年里的悲欢
毛壳包裹的一点希望
和父亲一起
在每一片雪花里长眠

雪花在大地上说出万物的往事

首先，归纳出坦荡的精神哲学
和平缓厚道的生存法则
雪花，已经深谙万物的体温和肌肤
在大地上说出起伏不定的丘壑
每一片往事，都向人间低洼处飘落

大地铺盖着记忆的碎片
往事渐冷，总会披露万物的苍老

所有在人间表白的故事
都要带走雪花的魂魄

雪花填补着天空的漏洞

天空的漏洞在大地上
它放走了月亮、星辰和清风
留下了一道道雪崩

山河在漏洞中生长
每一片雪花都是天空的眼睛
它们知晓所有的泄露
和大地上万物奔波的过程
无数坠落人间的花瓣
曲蜷、结晶和融化
在沧海桑田完成补天的一生

吴乙一的诗

诗人档案 | 吴乙一，原名吴伟华，著有诗集《无法隐瞒》《不再重来》，作品被翻译成英、日、蒙古、意大利等多国语言，曾获华文青年诗人奖、红高粱诗歌奖。系中国作家协会会员、广东文学院第四届签约作家。

夜宿霸王岭

——是不断缩小的过程
小到一座海岛。小到群山巍巍
林海莽莽
小到夜色中的热带雨林
狂野，而又宁静
小到雅加瀑布的磅礴与缠绵
小到长臂猿、云豹、山鹧鸪
刚刚聚拢的美梦
小到我刚刚放下大陆的风尘
屏息聆听四周的灯光，悠长的虫鸣

——是不断放大的过程
在霸王岭，在王下乡，在昌江
在海南，在南海

一个诗人渺小的灵魂

在这份恬静与怡然中，不断地放大

放大为一座巨鲸

在祖国的大海上缓缓航行

棋子湾落日

大海从未离我们远去。落日也是

浑圆。橙黄

带着灵魂出窍的孤独与渴望

它像潮汐在洋流上起伏

融化为黄金、白银

木麻黄、野椰树、仙人掌……

还有更多不知名的热带植物

依旧保留着对辽阔的热爱

——那些内心蓄满风暴的沙砾

终于从大海退回到了沙滩

有一些，长成了礁石，在风中呼喊

有一些，成为黑白棋子

血液里的涛声

似玉。又似古老的传说

如果是大海，如果是明月

在海尾。除了浩瀚，风平，浪静
许多事物在更远处消失为影子
也请给我澎湃。给我漂洋过海的航船

除了漆黑的夜，深邃，致幻
蔚蓝离开天空太久了
也请给我被照耀的星辰。给我梯子

夏杰的诗

诗人档案 | **夏杰**，昆山张浦人，诗人。

冬 夜

就剩落叶的声音在窗外响起
空无一人的林荫道上
一只老鼠机警地走过
一群蚂蚁急匆匆地穿过
一只成年的蜗牛东张西望地游过
它们在中途相遇，没说什么
留下空无一人的林荫道
与落叶，不停地说着什么
并不允许我去猜测

在晚上看天空

在晚上，我们会靠在长椅上看天空
星空很美，它们的亮度也刚好让我们能静静地看着

有时你的头会靠我肩上

我在想星星是否也这样靠在一起，月亮真是孤独

我们互相看了一眼，继续静静地看天空

与长椅的影子慢慢移动

我有时会回过头看我们黑色的影子

想一想影子覆盖的地方是多么的黑暗

它不能陪伴我们看黑色的天空

一群飘动的石头，孤独地往前走

往遗忘里走

肖照越的诗

诗人档案 | **肖照越**，中国金融作协会员、陕西省作协会员。作品散见于《星星》《绿风》《四川文学》《延河》《厦门文学》《上海诗人》等刊物。获第二届中国金融文学奖等。

庐山松

人间四月，杜鹃花
从醉吟先生的诗句中走出来
亮出芳菲的小嗓子

一座山，见多识广
却从不谈论多余的事情

在含鄱口
松树们挺拔着
那些盘根错节的断代史
把前朝际会，扎得很深
有不甘寂寞的小情调
裸露在地面上

乱云飞渡，草木们
慷慨陈词
却没有谁说得清，那地下深处
交织的去向

在浮梁古县

在赣北，一座古城
把自己多舛的身世
张贴在大地上
316 块瓷砖，将老祖宗
引以为傲的荣耀和秘密
毫无遮掩地晒出来
1700 年的奋斗史
被我肤浅的脚步
10 分钟走完

牌坊们拿出当年的威仪
功名利禄，昭告于世
可我分明看见
几株固执的小草
立在它们头上

一堵老墙，把新老县城
分得清楚
有斑驳的恩怨，也有

脱落的情仇
而墙里墙外的修竹们
早已伸过长臂
握手言和

蜀地辞

蒹葭们在《诗经》里
已白露为霜
在川中川南的春风里
依然鹤发童颜

一幅《长江万里图》
把大千先生一生的蜿蜒
拉长
乡愁破土，栽哪
都青枝绿叶

在遂宁，一座白塔
试图染指凡尘
灵泉寺，在渡鸦的方言里
不过一筐龙门阵
侧耳，几只小麻雀
正乱点"不二法门"
桓温和涪江都不会想到
一位草根诗人，会在千年之后

翻越秦岭，于川南
劝说一条江水认祖归宗

而在蜀南竹海
无论竹子们摇头
还是首肯
也不管他们是为谁列阵
有人义无反顾地来了
专为一段旧时光
正名

小引的诗

**诗人
档案** | 小引，男，1969 年出生，现居武汉。著有诗集《北京时间》《即兴曲》，散文集《悲伤省》《世间所有的寂静 此刻都在这里》。

在佩枯措遇见一位摩旅不知道说什么才好

嘉措拉山口，等日出。未果。
乌云太多
没什么意思。

我们在湖边午餐。
石头发烫
骑摩托的人在路上，哭什么。

后来看见两条狗
挺好的，还有人养
你如果害怕就直接说下雨了。

祝你旅途愉快，朋友
祝你安全
祝你回到人间。

项见闻的诗

诗人档案 | 项见闻，中国作家协会会员。作品散见于《诗刊》《诗选刊》《星星》《诗潮》《诗歌月刊》等刊物。著有诗集五部。获过全国第二届郦道元山水文学奖、第九届冰心散文奖、第十届中国红高粱诗歌奖提名奖等。

在天山

在天山，玉宇琼楼，高山流水，江山如画
所有最美好的词，忽然跳跃出来
但都与虚无无关

蓝天高远，大地辽阔——
以一种怎样雄浑的意象
站立成北疆粗犷奔放的诗行

这一刻，乃至有一种冲动
从山岚上一跃，化作蓝天底下的鹰
把城市里的一切烦恼，忘却

写山川上的雪，描绘草原上的羊
最好都不作隐喻

真实远比想象的更美好

在天山，此刻你会豁然顿悟
其实人生，或者诗歌
最高的境界，莫过于宁静自然

在草原

生生不息的，远不止是流水和祖先
浩浩荡荡，无边无际的草
这一刻，让所向披靡的人感到渺小

草的前边还是草
就像时间的前边还是时间

人不在时，草还在
人死了，草还会复生

想摆渡时间的人
最后成为过客，一钵黄土

卑微的草，柔弱的草，寂静的草，不动声色
——万古长青

湘子的诗

诗人档案 | **湘子**，原名彭丽，湖南浏阳人，教师。

我与周洛的距离

我与周洛，隔了一道岭
与另一道岭的距离
必然要了断一些功利，才能到达

瀑布在高处
我们必然需要仰望
才能读懂
一滴水珠的晶莹
足以安抚乱石和峭壁

除了瀑布，站在高处的
必然还有鸟儿，那鸟儿
必然是含了清泉
一声鸣叫，宁静的湖面开出花朵
一声鸣叫，周围的景物明亮了一寸

情人湖
我提着雨后青山的深绿浅绿，在等
等你牵来林间清溪
那里面每一滴湛蓝的水
都蕴藏着饱满的诗意

流泻的春光里
不想告诉你，这里可以清水濯足
可以采蕨，可以采撷鸟声的清幽和
一朵樱花的期望

摇橹轻缓，放逐
身上一点苍茫的冷峻
迎面流淌的颜色，蓄积了一世的爱恋
我们卷起一湖山水，打包回家
可好？

周洛游

去周洛时
河水慢
秋风正柔
诗歌随着流水和鸟鸣
从石缝里冒出来
飞上瀑布的顶端

稀释着这世间的喧嚣

有村姑有桂花酒

有峡谷迷离的酒窝

这旅程，就容易走火入魔

就着草木的绿

把空气的清冽

一口一口喝下去

身体里

野桂开出更多的花朵

徐敬亚的诗

诗人档案 | **徐敬亚**，诗人、评论家，第一届《诗刊》社"青春诗会"成员。著有诗集、诗歌评论、散文随笔集多部。曾主持"1986 中国现代主义诗群大展"，并主编《中国现代主义诗群大观（1986—1988）》。

越逃越远

有什么
比德令哈更加漫长
扔向天边的那只灰线团
越滚越远
满车疲惫的人开始焦虑不安
只有我暗自庆幸

那绳索
捆了我多少年
纵马荒原，我才顿感浑身勒紧
为什么越远
我越加高兴，胸前
漫长的家伙们正一圈圈松脱

越狱的囚徒
就要逃离
让我享受这不断延长的漫长
背后的灰尘，仍在
滚滚追赶，甩开它
只有越逃越远，越逃越远

这世上没有德令哈
该有多好
这条路永远走不完该有多好

送一封信或取一封信

从西宁向西，再向西
柴达木，柴达木
荒凉，是你唯一的地址
地图上你只是一个黑点，此刻
我变成了更小的微粒

我要寻找的人，在哪里
称兄道弟的人们，一生也
没有通过姓名
在我那儿，写信的人早已形同荒草
在这里，每根荒草都像一个弟兄

目极八方

哪里是你的住址，信封上
只写了朋友和亲人
每座山丘都没有门牌
无路的荒草内，街道纵横

我是一个古怪的邮差
送一封信，再取回一封
递给我信时，柴达木神色安详
荒凉的纸笺上，飘满白云
没有一个字

放声大哭

 一个人站在荒原，突然
不知怎么才好
伸出手，四面都摸到了天际
方圆百里
只有我一个活体

此时此刻，早已无法无天
想干什么就干什么
反倒不知干点什么
装扮国王或冒充盗贼显然太傻
想唱歌又怕惊动鬼魂

此刻最适合伤心，想来想去

一生没尽情做过的，就是哭泣
要哭，一定要放声大哭
怎么失态都没人看见
劝阻的人们，早已退到天边

想怎么伤心
就怎么伤心
要哭多久，就哭多久
让一辈子的眼泪倾巢流淌
和上千年的冤魂们一齐号啕

一定要哭得天地昏暗
一定要哭成大雨滂沱
眼泪哗哗流过的每寸土地
一根根荒草突然发芽
绿色的地毯哼着小曲铺满原野

来吧，全世界伤心的人
让我们在这天赐之地，用眼睛
放声高歌
哭绿了一个荒原之后，再哭
下一个荒原

哪只动物愿意回动物园

——从青海飞深圳

像一头践行诺言的狮子，我
在限期内准时告别草原
临行前
虎豹豺狼们一一相拥
一杯老酒后鸟兽一哄而散

我训练有素，独自
一步步踏上舷梯，乖乖地
扣紧座位上的锁链
我的终点，在东南八千里外
在那里我已度过半生

精准地找到老巢，用项圈
晃开门禁
动物花园的铁栏应声洞开
草原之行没能让我忘掉密码
一扇带猫眼的笼门，笑意盈盈

忽然抬头看到四角蓝天
一块正跑着的白云

飞快一箭，正射中我的面门
一只迈出的脚猛然悬停
直到此刻，它还挂在空中

雪克的诗

诗人档案 | 雪克，男，主编过诗报、诗选，出版过诗合集、个人诗集。诗作散见于各级报刊及网络，入选过多种选本。

威尼斯的摇晃

伸手触摸威尼斯
我抓住船舷，抓住摇晃

马可波罗呱呱坠地
船是他的摇篮

威尼斯是汪洋中的一条船
马可波罗习惯了摇晃

于是当年的出发
没有想象中那么悲壮

只不过从一条船
走上另一条船，然后继续摇晃

远东亚细亚有蒺藜蟊贼狼烟
但不沉的大陆不会摇晃

所以威尼斯世代高举桅樯
睡觉时睁着一只眼。

姚园的诗

诗人档案 姚园，美国《常青藤》诗刊主编，中外散文诗学会副主席。在海内外出版十余本文学书籍，其中散文诗集《穿越岁月的激流》荣获"中国当代优秀散文诗作品集"。

写在湄南河码头

天色开始昏暗
密布乌云是雨的征兆，热
仍无丝毫谦让迹象

沿着发际下滑的汗
跟随步履
在时空晃悠

只是，我能用脚步
丈量这码头市场大小？
用眸子感知摊位上的蔬菜与鲜花
落寞的心情？

在灵魂深处鼎盛

一早醒来 任萨特的散文
继续独占我的世界 与令人会心文字
不断地邂逅 那是一朵怎样的幸福
在招手？

此刻 岁月烟尘散去
时空藩篱了无 只有字里行间的繁华
在我的灵魂深处 鼎盛

远村的诗

诗人档案 | **远村**，诗人，书画家，中国作家协会会员，陕西作家书画院副院长，陕西山水画研究会学术委员会副主任。曾获全国十佳诗人、陕西省首届青年文艺创作奖、第二届柳青文学奖等。出版诗集、散文集、书画集共十三部。

边　镇

这个遥远的故事，是从大宋受伤开始的
有关延安府城与肤施，并不神秘
我把时间当石头来看待，让范仲淹放松一下
改掉他的坏习气
用诗歌再一次说出边塞的不安

整个大宋都在冷风中站着，范公的上半身
被寒气倒逼着，以树的方式抗争
下半身已埋在土里了
此刻，我不怀疑历史，也不怀疑范公的诚意
要他在这个节骨眼上有所作为，多么吃力，多么难

而我只是一个书生
我只在乎

老百姓所经历的苦，究竟有多苦
镇上的旧物件，已不能支撑一个人庞大的体量
只有一些茅草屋，酒幌，铁匠铺在野蛮生长
像一首范公的边塞诗，在认领过失

所以，在我看来，诗人们一起出现在塞下小镇
应是意料之中的事，一个刚刚被还原的真相
长出了飞翔的翅膀
我从它后面往前走，一部石板街一样坚硬的
情景剧，拦住了我的去路
在边镇的另一头，正上演着一个人
前所未逢的盛世

鲁艺旧址

新城之东，就是鲁艺，那么多的人
想要回到红色文艺的故乡，去会一会已经远走他乡
的那些才子和佳人
直到他们其中的某一个，忘了回家的路程
写诗的我，才有机会，收起向北的快马
与他们隔着半个世纪交谈
在我看来，最美的音乐，书法，美术和文学是
他们在这里落脚时，不慎留下的
大小不一的那些脚印
还有穿插其间的语气与神态，他们以舍我其谁的豪迈
不断喂养着另一支所向披靡的大军

我只是一只小蜜蜂，看见冼星海，周立波，丁玲
何其芳，张仃，陈荒煤等人的大名
出现在圣洁的殿堂
惊慌至极，不敢伸出自己的小秘喙

只好走上东坡，看柳青，杜鹏程，李若冰的展馆
他们是三根大柱，支撑着西北一角文学的天空
我见过其中两位，再次相见，自然亲切
另一位走得太早，不过我们的心更近，因为我和他
有一个相同的故乡

如果还有什么欠缺，不足以说出我对鲁艺的敬畏
就让我用诗歌去亲吻他们的书籍。
再让我和大家一起站起来，抱紧他们在一张麻纸上
画下的人间大爱
在黑夜降临的时候，还能见证他们手指间
不断发出圣者一样，高洁如炬的光

保育院

在诗人们看来，这人间，没有一种幸福
不是靠母亲来喂养的。在枣园大剧院
我们被一种生动的场景吸引，几个年轻的女兵
领着一群幼小的孩子，在黄土地上奔跑

毫无疑问，我们遇上了一场久违的沙尘暴

一个东躲西藏的年代

母亲是一个多么难过的角色，她们与桃花，杏花一样

被春天疼爱，又被寒气所伤

但经得起风吹日晒，危险时刻

还要舍弃自己的小身板，护好别人家的花骨朵

在河道，在山路上，她们保持着母亲的警觉

给一次次慌乱的转移补上漏洞，甚至有可能

搭上山丹丹花一样的性命

唱着高蹈的主义，然后，在夜空下

指认一颗启明的星辰，和孩子们享用不尽的福祉

所以，我们这些迟到者，只能隔着一抔黄土

跟她们说话，再向她们鞠躬

领受她们饱满的温暖。一种刻骨揪心的在场感

让我们喊出母亲的名字，并反复矫正

自己走歪的前程

张德明的诗

诗人档案 | 张德明，文学博士，岭南师范学院南方诗歌研究中心主任，全国中文核心期刊评审专家，中国作家协会会员。已出版《百年新诗经典导读》等多部学术著作。曾获《星星》诗刊 2014 年度批评家奖、第五届"啄木鸟杯"年度优秀论文奖等。

醉　者

我羡慕醉酒人的状态
他们酒量不凡，杯盏频举
总是高过黄昏的头顶
一腔豪爽，如晓风中的露珠，晶亮可鉴
一饮而尽的激情，水火相容
当无色酒精在体内奔窜
他们的话语，繁星一般闪动起来

忆旧或者追新，絮叨的轮子
向两个方向频繁变道
吹嘘却是坚定不移的叙述原则
他夸耀自己上可赊明月
下可吻清风

每一个经过身边的美女
都是他前世的情人

昨天一个朋友电话向我报告，说他
第一次醉酒，不知东西
躺在草地睡了半宿
我回应道，他醉得可惜

雪 霁

黎明把星星的灯盏
搁在窗外
晃眼的白光，波浪似的闪动
大地苍茫，净洁
多像我们曾经的誓言

雪域之上
所有寂静，是同一种寂静
一个人的孤独，应验
所有人的孤独
死亡和生存
在素裹的光阴里，终日纠缠

喧嚣，这寂静的孪生姐妹
被雪光孕育

他们在静默中等待
预谋着雪霁之后
海潮般的爆发

张雪珊的诗

**诗人
档案** | **张雪珊**，邵阳市双清区融媒体中心主任、总编辑，湖南省作家协会会员，湖南省诗歌学会理事。至今已在《人民日报》《诗刊》《儿童文学》《湖南日报》《湖南文学》等报刊发表作品 6600 多篇（首），著有诗文集 3 部。

荷　池

我来的时候，迷雾散去
太阳升得很高了
田田的荷叶上
已承受不住一颗泪珠的重量

炙热，胶着绿色的裙裾
没有一丝风可以穿越
菡萏举起一面面圣洁的旗帜
心怀菩提，芬芳弥漫
每一处都是无瑕的气息

璀璨的光芒漾开，步步生莲
我愿沉沦，囚于黑暗的淤泥之中

在难以自拔中面壁，思过
掩埋执念和痛不欲生

我要打落牙齿，吞下窘迫与不堪
疯长出一段段纯白的藕节
从此，安于不为人知的一隅
醉着生的踉跄，梦着死的灰烬

水帘洞

赤着脚，我们试探着涉足清池
越往深处一分，神秘就增加一层
在微微起伏的波澜中
我看到自己忽明忽暗的脸
庆幸青春的光泽，还未褪尽

那么多的小石子，硌着脚心
有一种久违的鲜活的痛感
沿足底爬上来
浸透周身，让我神清气爽
随手拾起一片石头
都能打出一串串生动翻飞的水漂

想到一生中总有很多石头
甩出去，没有半点声响
还要学会缄默，不能轻易说出口

潭水映出深邃的眼眸
有一场雨，很快就会落下来

向日葵

静一些吧，掐灭所有声响的引线
除了扑通扑通的心跳，和呼吸
我能触及的拥抱
都是化不开的浓墨

尽最大努力，低下头颅
什么也看不见，什么也不想见
在黎明来临之前
默数那些凌乱的足迹
我再一次攥紧拳头里的瘦骨

继续缄口，继续讳疾忌医
按住心中的石头，硬硬的还在
和家乡穿岩山上的石头一模一样
胸口的洞被风淘过，被雨滤过
宛如一张脱光牙齿的嘴巴
一声不吭，一言不发

我必须接受命运的隐忍
如果东风沉沉睡去
如果太阳推迟升起

我愿承受不可承受之重
满盘忧郁成疾的花蕊
都将风化成浩浩汤汤的蔺粉
一层，又一层，覆盖我的心事

张笃德的诗

诗人档案 | 张笃德，笔名竹马。中国作家协会会员。在《人民日报》《中国作家》《人民文学》《诗刊》等刊物发表诗歌，有多首诗歌获全国大赛一、二、三等奖。著有诗集《竹马诗选》等三部，参评第七届鲁迅文学奖，荣获辽宁文学奖。

在丹霞口，醉在一碗面里

大西北的罡风一浪高过一浪
吹熟的麦子像素朴的民俗
麦香在丹霞口小镇流淌
炒炮、拉面、泡馍、拨鱼儿
一碗又一碗热气腾腾
柔软、筋道辅之以真情与炽热
比手中端起的烈酒先醉掉了

在丹霞口，把历史和文化的悠长
都和进了面里。用手揉、用面杖擀
用刀切、用臂膀撕扯
让冷却的热腾，让热腾的变得鲜亮
百味杂陈相纠结，人生的酸甜苦辣
成为生活的艺术和哲学

在丹霞口，醉在一碗面里
细的如思绪和发丝
宽的比心胸还富余了一截
咂咂嘴，满是熨帖

爱在丹霞

千山俊美，万水旖旎
阅尽人世间悲喜与繁盛
心，还是被七彩丹霞所俘获

丹霞，隐去大漠寒烟
精心打理好被罡风吹乱的云鬟
舒展麦香一样的笑容
似解开大地的衣襟
将一个个游子揽入怀中

放下疲惫的行囊
就像放下因禁锢而沉重的心
面对丹霞的温润
让七彩的血液流动
像飞天女舞动蹁跹的丝带
勾勒出桃花般绵软的春天

丹霞，大地之魂

始终沉默着，她的爱

一旦说出就石破天惊

红、橙、黄、绿、蓝、靛、紫

把五脏六腑掏出给你看

每一种色彩都是一种独特的情感

每一座山峦都是物化的精血

鲜活的心跳，大地的脉搏

去张掖，看丹霞

六月，飞机的羽翼

在祁连山的山脊上一抹

悬窗就被雪擦亮了

祁连山坚毅、硬朗

骨头里渗着血

山脚下的张掖

似一尊不朽的千古卧佛

天空湛蓝

我双手合十

颔首或者仰视

静穆中朗朗的乾坤

从张掖到丹霞口小镇
每一个打招呼的人
脸上都泛着光
亲切、热情
淳朴外化成含笑的面容

在小镇里感受异域风情
随大街小巷中流动的音乐
以及旋起的一阵阵狂飙
演绎过往的繁华
和不眠的丝路之梦

赵目珍的诗

诗人档案

赵目珍，文学博士，中国作家协会会员。著有诗集《外物》《假寐者》《无限颂》。曾获第五届海子诗歌奖、2018年度十佳诗集、第九届深圳青年文学奖等奖项。

文庙前的沉思

先师的辉光，一路飞来——
他驻足于此，成为一个传世的琴指
我们喜欢哲学。也许更喜欢想象
并且醉心于，浩然正气的宇宙
就好比霁月光风，最适合做一个
正人君子的象征。于是一左一右
俨然真人的化身。我们脱掉长衫
戴上眼镜，然而骨子里丢不掉的
仍然是正统的心理。文化的秘密
就在于此。总有一些躲不过的
伟大才能，暗暗生长在新鲜的
角落里。如果没有一定程度的消化
你会时常将它与剥落的波罗蜜叶
混在一起。没有秋天般的敏感

只把它当成无情之物，丝毫不觉得
已然有寒意来临。而文化的遭劫
也是如此。当你麻木，茫然中跳过了
冲动的青春，接近中年的事实
便很快陷入了灵魂永无休止的
矛盾之中。现在，我们站在先师的
门前，沉思胜过发呆。我们需要
发现那些更加重要的东西。它们
就藏在飞檐之上，或者廊庑之下
像一只安静的鸟，衔着春秋的枝丫
——在历史的黑光里往还、徘徊

秋日黄山湖

秋日是一个时间的结，我们
在这里搬动生命的时日，如
一只卑微的蚂蚁。然而这是
——美好的境地，事物都怀着
强烈的好意。我们在草庐中
闲谈，聒碎了外围的湖光山色
当然，有细雨袭来是最好的
此时的内心，远离了世俗喧嚷
平沙的位置，比湖岸还低
只是秋日的颜色，带着微凉
在刹那间，显得有些消沉
然而，这就是生活的细节

边缘感，我们不需另外关注
秋色缔造的帝国，只要唤醒了
那一潭醉倒的烟水，便足够了
格局不需要改变。这里的
世界，有太多值得信任的东西
天赐的神秘比什么都更有趣
尽管有时微妙到难以察觉痕迹

喜欢远行的人
——兼致徐霞客

喜欢远行的人，最后长眠不醒
在这里你能够感觉到，很多瞬间的
决定，对于一个人而言，有
多么重要。有的人，给生命
带上了枷锁；有的人，把枷锁
当成了骄傲。于是，悬念在路上
诞生。不认识的，则源于另一种
思想。微妙的是，每一个计划
之外，都可以遭遇因新颖而复现的
世界。或许，对于喜欢远行的人
这即是"活着"最恰当的理由
当然，它一定还会有另外的意义——
把地理变成记忆，把远游换算成
孝悌的价值。没有人习惯于
放纵身体，尤其是在触犯伦理的

日常中。实质上，他曾经提醒过
自己。他知道，这并非一种才能
至于这到底对应了什么。是药方？
是信仰？是熄灭？是燃烧？不得而知
也说不真切。然而这些都不再重要
重要的是，他留下了自己的
宇宙和景观，留下了自己的奇文字
就如这空间上方，闪耀的葳蕤光子

郑德宏的诗

诗人档案 | **郑德宏**，诗人，作品散见于《星星》《诗刊》《青年文学》《作品》《西部》《文学港》《诗潮》《山花》《诗选刊》等文学期刊。著有诗集三部。

南海的蓝，祖国的蓝

蓝墨水，从天上泼下来
南海的母腹里
一胎，孵出三枚蓝宝石

蓝色的温床，安详、和平
母亲十指连心
三枚蓝宝石，各踞一隅

南海其西
南海其中
南海其南

母亲站在陆地
捋了捋

颊上被海风卷起的黑发
南海，在她深邃的眸子里
蓝得深不见底

海风还在继续，吹
蓝墨水，还在继续
抒写汉字
海涛中隐隐传来
琅琅的读书声
母亲欣慰地转身，回眸
几千年了，那些大海里成长的孩子
还在继续，没日没夜地温习
祖国的功课

是啊，几千了
老祖宗，都一一变成了
镇海的神
只有南海的蓝
是最年轻的蓝
是最母亲的蓝
是最祖国的蓝
那蓝
于一面五星红旗猎猎处
于母亲温软的手心儿里
浓缩成一条最直的海岸线
一条，回家的路

现在，大海上
又升起了蓝色的帆
响起了熟悉的小螺号
母亲知道，她的孩子正捕鱼归来

钟静的诗

诗人档案 | **钟静**，笔名鸿沛，湖北省作协会员。现任荆州市作协副主席，某省级文学期刊主编。出版诗集《歌者》。

岳麓书院

到长沙，一座书院是一种象征
或骄傲，读不读书
在书院的门前拍照留影
身上便多了些许文人的气息
到此一游的脚步声惊醒
厚重的话题。岳麓山卧于
时间之上。看潇湘花开水涨
春夜有烟花绽放。映亮琅琅的
读书声。雄壮或浪漫穿透
一部《楚辞》。辽阔
楚天的气质。一行孤雁留恋蓝天
白云是天空的花朵，抒发
一介书生的信仰。雨水擦拭
石庭上的题词。"惟楚有才
于斯为盛"

岳阳楼观景

春天的事物，无法预料
花朵有时也流下哀伤
凭吊一场倒春寒的彻骨
在古城岳阳，范仲淹书写的
大宋风景，依旧如初
眼前的水势被春风撩拨
烟雨的江湖，一派朦胧
我凭借诗性登上层楼，水天
一色的苍茫。惊飞时光的翅膀
回望春风，长高的
楼宇守望相助。阳光跳跃
春天的笑脸
幸福在广场上流行。一座名楼
伫立烟波里，与国家的命运
休戚相关。景随心生
今人自娱，早就没有忧乐天下
的情怀。香妃井水泡出碧绿的
君山。游人的快乐如织
成为当下最流行的风景

朱建业的诗

诗人 档案 | **朱建业**，诗人，兼写诗评、散文、小小说，广东省作家协会会员。作品散见于《安徽文学》《诗潮》《诗选刊》《诗歌月刊》等刊物，多次获奖，著有诗集《月韵》《风灯》。

在白云之上

雄鹰的翅膀划过落日余晖
在白云上翱翔　我怦动不已
这寂寞的高度里
我俯瞰到自己在人世的命运——
它如此的孤傲　像云一样洁白
却飞翔在不可预知的旅途上

重阳节在田头村

一切明亮将坠入黑暗
幸亏有月亮升起
它照亮秋夜的田头村
小河边的牵牛花

会牵着整个季节

走入梦境

重阳重阳，我的灵魂

越来越重。重到需要一片绿色

把我埋葬。阳光一直在

它将成为黑暗的一部分。田头村的小溪

在我身旁流过。田头村的花朵、青草

还有蝴蝶，在我身上、在月色下

不断生长　直至

长成故乡的样子

庄伟杰的诗

诗人档案 | **庄伟杰**，复旦大学博士后，山东大学人文社科青岛研究院驻院教授，《中文学刊》社长、总编，澳洲华文诗人笔会会长，中外散文诗学会副主席。出版专著二十部，主编各类著作七十多种。

冬日，走进宁国西村

我们从不同的方位，走进
宁国的西村，似梦一样偶然
踩着冬日潮湿的乡间小路
一场淅沥烙印一串串诗意的脚印

看不见往昔炊烟袅袅般柔软的镜头
只发现花鼓戏铿锵的说唱定格在墙壁上
听不见老黄牛驮拉木犁的吱嘎声
只读到雨珠滴答弹响的音子符
触摸着诗与远近处的田野和山岗

同行的诗友，问我印象如何
我随口拈出几个抽象的词——

亲切，素雅，清净，宁馨
蓦然想起辛稼轩那阙《清平乐·村居》
禁不住念想起老家依山傍海的村庄

从不同的方位，我们走进
宁国的西村，似在梦中相遇
蛰居都市里渐渐凝固的心泉
又溢出最初的清流和感动

非遗龙窑

在宁国，龙窑把时间的长度
拉回到历史深处，而我臆想从中
找到泥土背后的手，找出点燃智慧的火
瞧，那些或大或小的坛坛罐罐
原来那么古老，经过风雨的侵袭
依然自带釉色的光泽
把一座小镇打磨得如斯鲜亮

或许每一个家都有龙窑烧制的陶具
它们多像幽灵，总有飞翔的翅膀
如果值得你为之惊叹
首先应是依附于指尖发出的疼痛
或者穿梭在光阴里到底有谁凝望
其实，它们早已走遍四面八方
凝固的语言就是存在的理由

我触摸着其中一只陶器
像风拂过大地的肌肤
呈圆形的筋脉和贯穿始终的坚硬
可以谛听到它的呼吸清晰可辨
当潜入我体内时，竟纠缠成天问
归来路上，我发现有一片涅槃的祥光
在起舞中，照彻岁月露出的面相

第三届黄亚洲行吟诗歌奖国际大赛获奖作品选

HUANG YA ZHOU POETRY DEVELOPMENT FOUNDATION

黄亚洲诗歌发展基金会

主持人 黄亚洲

金　奖：高若虹

银　奖：马冬生　罗燕廷

铜　奖：高鹏程　张　威震　杳

优秀奖：燕南飞　方文竹　姚德权

从一个人的骨骼里，看见了一座山

黄亚洲

我是喜欢写行吟诗的，以此为乐，也以看到别人写行吟诗为乐，所以四年前自家投入一百万，社会募集一百万，经杭州市的民政部门审核批准，成立了这么一家基金会，坚持一年办一次行吟诗的有奖赛事。

连着办了三届，诗人们很热情，评委们很认真，工作机构也很尽职。这就说明，国内外的华语诗人对写作行吟诗热情很高，同时也证明，行吟诗的写作与其发展、繁荣，是我们这个时代所欢迎的，有其丰厚的土壤，有其客观需求，有其生命力。

经济发展了，兜里有点小钱了，而世界这么大，都想走走看看。所以诗人一路走，一路就有了抒发的需要，这跟李杜是一样的，历朝历代不曾衰减；而不是写诗的，也很愿意从诗人的抒发角度，看看所见的大千世界到底有什么不同，有什么别样的文学味道，这也有助于旅游的增值。

我们希望通过此项赛事发现、培养文学新人，让行吟诗歌越来越受到诗歌创作者的重视，用行吟诗歌颂祖国大好河山，抒发诗意情怀。借着诗意的翅膀，让心灵放飞。

在这届赛事的十六名获奖诗人中，金奖获得者为北京诗人高若虹。他的获奖诗歌题目为《李白投江处遇雨》，颁奖词是："《李白投江处遇雨》一诗以思接千载的艺术想象，表达了作者对一代诗仙发自灵魂深处的敬仰与推崇之情。作品构思完整，修辞老练，技艺娴熟，鲜明的意象画面与深沉的人文情怀有机融合，有力地凸现了作品动人的艺术感染效果与高迈超俗的精神境界，令人回味悠长。鉴于此，特授予《李白投江处遇雨》为金奖作品。"

银奖获得者是河南的诗人马冬生，他的获奖诗歌题目是《黄姚的月光》，颁奖词是："古往今来，写月光的诗篇比比皆是，数不胜数。对于一个当代诗人来说，重拾月光来写，即便是斫轮老手，要写好写出新意也并非易事。此诗的可贵之处在于，写一个地方的风物人情，不是停留于一般性的直接描摹，而是以充满诗性智慧的灵思妙运，借月光来抒情寄怀——诗人写黄姚古镇是抓住月光之眼；写月光则是为了更理想地呈现眼中的黄姚古镇。月光，在诗中既是一个客观存在物、一个具体的意象，又是一种切入视角、一种诗意象征。进一步说，此诗之所以使人感到新奇，一方面是诗人在表现风土时引入悠久的时间意识，既有眼前之所见，又联结着遥远的过去；另一方面是在表现人情时引入广袤的空间意识，既有切身的经历，又从广阔的自然背景上生发。'那么多崭新的月光／为什么到黄姚时都情愿变成旧的？'由于时空意识的导入，作者并没有局囿于眼前景物，而是把新与旧、过去与现在，连同个人情感放在宇宙或历史的背景上加以观察和思考，从而产生了一种新奇的艺术效果，即所有的描写都是基于诗人的个人经验，但整体上给人一种普遍的与非个人的印象。或者说，时空背景构成了个人经验的纵横坐标，而在此坐标中，诗人经由心灵与经验进入文字之后，既带来了诗性光芒和哲思意味，又获得了个人性与超越性的双重效应。"

另一位银奖获得者是广东的诗人罗燕廷，他的获奖诗歌题目为《金华山上怀子昂》，颁奖词是："一首悲怆而沉郁的诗作，点燃了金华山上的读书台，从而深刻地烛照出一代知识分子炽热的家国情怀，及其必然相逢的悲剧命运。作者从一座山，看见了一个人，又从一个人的骨骸里，看见了一座山。情与景的高度交融让作品具有了感人心魂的魅力。作品中的陈子昂走出了他的时代，但是他的脚印却反反复复地徘徊在历史的册页中。作者的感慨为今人留下的警示意义，显然是十分有益的。"

高若红的诗

诗人档案 ｜ **高若虹**，中国作家协会会员，昌平区作家协会副主席兼秘书长，《昌平文艺》主编。在《诗刊》《中国》《星星》等刊物发表诗歌、散文、报告文学。曾获《民族文学》年度作品奖、首都五一文学奖、鲁藜诗歌奖、红高粱诗歌奖等奖项。出版诗集和散文集六部。

李白投江处遇雨（金奖）

雨说下就下，像一个人的哭
一个人对另一个人边哭边说些什么

那么多的雨，那么多的话
说给谁，自然不用我提示

跳到江里的雨，瞬间就消失了
我相信，不是溺水，是打捞
打捞谁，也不用我提示

而落在联璧石上的雨
摩擦，拉扯后又滴落江里
仿佛石头也在抽搐哭泣

也有落在我脸上的
尝尝，有咸涩的味道
但不是我的泪

还有雨，平平仄仄地打着我们的伞
听声音，是在质问我们诗人的身份
更像押着韵走着的一首词

关于这场雨，真实的
如一场仪式，但与我无关

我们这些诗人走了
雨没走，独自淅淅沥沥地下着

树没走，三台阁没走
湿漉漉地，在收集一千多年还活着的诗句

一滴雨抱着一滴雨，无数的雨滴抱在一起
亮汪汪的，仿佛将水里的那轮明月抱起

马冬生的诗

诗人档案 | 马冬生，河南省作协会员，博爱县作协副主席，曾获江阴刘半农诗歌奖、成都杜甫诗歌奖、马鞍山李白诗歌奖、阿拉善仓央嘉措诗歌奖、恋恋西塘诗歌奖等奖项。著有诗集《燃烧的雪》。

黄姚的月光（银奖）

那么多崭新的月光，
为什么照到黄姚时都情愿变成旧的？

——题记

1

青石板街道，被光阴的足迹磨得铮亮
走在上面须放慢脚步，乡愁最怕打滑

月光兵分八路，穿梭于每一条街
照了千年，从没有要放弃照耀的意思

2

带龙桥有两拱，月亮照谁用的都是同一个照法
不因为小拱是旱拱，就敷衍几下

月亮，有用不尽的古意斑驳
江水从大拱流过，带走的月光从不曾归还

3

无论姓黄还是姓姚，月光照到谁家
就是谁家的，谁想怎么用就怎么用
——做成饼、熬成粥、治疗失眠
补乡愁的漏洞……都无须征得月亮同意

4

古戏台上的戏，剧终的时候
戏中的戏，戏外的戏，仍在人间上演
就像月光在照黄姚时，是古旧的
不照的时候，仍然是古旧的

5

爬上文明阁，我不是来求雨的
也不是来摘星星的
我只是想站得更高一些
体验一下被月光提前照耀是什么感觉

6

溪水，从兴宁庙门前流过
溪水怎么蜿蜒，月光也怎么蜿蜒
只是，那么多历代诗家题咏的楹联
让我不敢提笔，月亮也不敢

7

在且坐沏茶，我请求主人不要把我当外人
允我一个人慢慢沏，细细品
把斑驳的月光也沏进去，奢望
自岁月的杯底浮出一个千年前的自己

8

没有山峰的照看，没有江水的滋养
黄姚古镇，肯定会少些什么
初一到十五，十五的月儿圆
月光在黄姚古镇只斑驳，不化妆

9

夫妻榕，两小无猜时就长在东门楼前
长大了也不远走高飞，仍守在那里
我想不明白，那么多崭新的月光
为什么照到黄姚时，都情愿变成旧的

10

黄姚民居的古朴，请让我也变旧吧
一家宅院门前，我要闲坐一会儿
谢谢月儿，以为我是这家的主人
照我时，格外亲切、纯朴、动情

罗燕廷的诗

诗人档案　**罗燕廷**，高中语文教师。有诗歌发表于《诗刊》《星星诗刊》《诗歌月刊》等刊物。获过《诗刊》《诗歌月刊》《星星诗刊》和中国诗歌学会等主办的各类诗歌大赛等级奖多次。

金华山上怀子昂（银奖）

杜甫扶杖来到金华山时，读书台已经
开始发生倾斜，已经放不稳一本经书
当他写下山中的胜景，其实，一座山已空了多年

一个负薪救火的人，当他举起火把时
一个时代的内部也开始
空了

摔碎的琴已无处寻觅，只有漏洞百出的琴音
还在拼命揪住一场盛大的秋风，无遮无拦的宫徵之声
甚至，比一场秋风还要浩渺，激荡

历史的悬崖上，你彻底把自己逼成了
一棵孤独的小草

在一轮落日中反复眺望，叹息，叹息，眺望

故乡，在破裂的山河中隐隐浮动
一首诗如同一叶孤舟，云帆如扇
却打不开初唐局促不安的局面

你只能用一首诗在一个腐朽的时代里
植入劲风与筋骨，却无力打开
一个诗人的怀才不遇和内心无边无际的苍茫

掩藏不住的锦绣，在《庆云章》里
在《鸳鸯篇》里，在《蓟丘览古赠卢居士藏用》里
像散在山川草木间的露珠，一场秋风
也只能把你吹亮，吹干，但不会
把你吹落

你曾试图拯救过那个风雨飘摇的时代
命中的侠骨，悲悯，是你尖锐的武器，也是
你致命的毒药

感遇太多了，区区38首，又如何能写尽你的孤独
38首诗中，肯定有一首，与这一场秋风互相照应
肯定有一首，与这个深秋的落日不谋而合

此刻，一定有些神秘的事物先于我抵达了
晨光霍霍，我在山中怀古，在遥想一个火中取栗的诗人
那时，你在狱中卜命，写下42岁的谶语和断章

区区一个幽州台
又怎能摆下一个诗人深重的愁肠百结
一个义无反顾地砍断自己去路的诗人
最终把自己逼成了一团火——

我看见一个背负天下苍生的诗人
举着火把，孤独地走向历史的深处
前无古人，后无来者
感念天地之悠悠
独怆然而涕下……

高鹏程的诗

诗人档案 | **高鹏程**，中国作家协会会员，文学创作一级，《诗刊》社第22届"青春诗会"成员。诗文见于《诗刊》《人民文学》《中国作家》《十月》《钟山》《天涯》《山花》等刊物。

在宋殿受降纪念馆（铜奖）

1

入口处，用木条排列着抗战以来的重大事件，
从九一八事变到宋殿受降

我数了数，一共6行，23块。
木条上的字醒目、整饬、平静。
但我知道，为了跨过这些栅栏
无数中国人，经历了漫长的14年，付出了20000000血肉之躯

2

每一块木条，都像一道封锁线，一道枕木
木条和木条之间，是深深的壕堑
而木条背面，是坟茔，是万人坑，是无数被战火烧毁的残垣断壁

是枕木下冰冷的尸骨

而枕木上，是历史的呼啸

是无数人的流离失所，无数血肉之躯的愤怒与抗争

空气中依旧有弹片在纷飞

时间的缝隙中，依旧夹杂着弹痕和尖厉的鸣叫

3

这是八月，太阳白得晃眼，气温高得让人发晕

但通往地下的陈列馆里，依旧有痛彻骨髓的寒凉

有来自八十年前的，让人出离愤怒的罪恶

冷的尸骨叠加成触目惊心的十字架

而黑白照片上面，仍旧能感知到热的血，在喷涌，在激流

"如果有可能，我要抄起玻璃柜里的那挺机关枪，朝那帮孙子

再狠狠飙上一梭子！"

4

借助玻璃展橱上方的灯光，我仔细辨别过那些战犯的脸

时间过去了八十年，那些凝固的表情里，

仍旧有掩饰不住的轻蔑、冷漠、不甘，超出

人性底线的狰狞

在宋殿受降纪念馆，我仔细读过他们的天皇

颁发的终战诏书，

从我能辨认出的字迹里，没有找到一个降字，没有一个字替他们

承担深深的忏悔

5

走出展馆的诗人们一脸凝重。现在是和平年代

亚热带葱绿的植物持续修补着大地

曾经的弹痕

我们明白应该铭记什么，应该

警惕什么？

时间依旧像弹片一样呼啸，八月的阳光

仍旧白得晃眼，透过纪念馆的玻璃天窗投下

巨大、白色的光柱

像一枚枚闪亮的钉子，洞穿了我们，固执地

把我们的身影钉在地上，钉在这座混凝土堆成的活着的坟墓里

张威的诗

诗人档案

张威，福建省作协会员，邵武市作协副主席，《邵武文艺》副主编。参加第18届全国散文诗笔会。作品发表于《星星》《扬子江》《福建文学》等刊物。出版散文诗集《素墨》。

云灵山（铜奖）

1

山，先是背对着我的
后来，山脊线挂住滑落下的太阳

顺着风的指向
云灵山，此刻比落日还高出了一截

云停留的地方，风也停住了脚步
流水，不胫而走

我知道，岚烟隐没处
峰回路转

2

云灵山的眉间，泊着一朵朵白云
云卷云舒
有时很低，有时也很高

后来，它把自己变成一条白色的哈达
缠住了云灵山的小蛮腰

你看，青山多么妩媚
如此饱满

3

想象，是云游的飞鸟
开始是花瓣
后来，是庄子晓梦里的一只蝴蝶

云水间，我骑着一朵白云
赶路

4

流水起笔。一横
布局。我以一朵白云裁出的黄金比例
分割山的背景

一幅云水图，很美
仁者，智者。他们喜欢的

云灵山，都有

5

云无心出岫，风是关键词
野花，可以品读
我在孤独之境里感受到了自由之美

水鸣山涧中，云藏枝叶间
飞鸟是客居的访问学者
它们总是用鸟语，为自己的前程导航

关于云灵山，说辞
还有一种。一棵百年银杏曾被露宿的星辰
惊醒

山藏私产
你看，夕阳已落入了云灵山的山坳
我把清籁之音，占为己有

震杳的诗

诗人档案 | **震杳**，本名刘洋，黑龙江省作协会员。作品见于《诗刊》《芳草》《星星》《山东文学》《星火》《延河》《草原》等刊物。多次在全国征文中获奖。

无量河（铜奖）

1

无量河边，捡起一块风干的牛粪
竟有着玫瑰的样貌

清凌凌的水，来自雪山的箴言
我与灰雁来自远方，带着仓央嘉措的诗行

在康南，仓央嘉措的诗行
就是通行证，我只念了一句

便冲上了海拔 4000 米，就被一只鹰
远远地盯上。

2

无量河，因为有雪山做后盾
你可以无量流，无量悲，无量喜

我的痛苦，像一粒沙被你匆匆带走
我的爱，还攥在手心，不敢让你去衡量

无量河越走越快，我越行越慢
它越过下游众生的头顶，直奔天空

无量河并不宽，以便两岸相爱的人
暮来朝去

燕南飞的诗

诗人档案 燕南飞，本名迟颜庆，中国作家协会会员。作品散见于《诗刊》《星星诗刊》《草原》《诗歌月刊》等刊物。曾获科尔沁文化政府奖、阿来诗歌奖、天津诗歌奖、科尔沁诗歌奖等奖项。

雪山在上（优秀奖）

在通往雪山的路上，总要遇见几个磕长头的人
他们把胸口紧贴在石头上
仿佛在倾听，那里面被囚禁的经文

山路就像一根绳子
牵着一头头牦牛上山
牵着一块块石头上山
牵着一个个大山的孩子上山
这些男人和女人，用一只只手掌和膝盖
用满眼的慈悲和善良
拖着自己的灵魂，完成自己没有足迹的诺言

因为有如此卑微的命
才会让这雪山又重了几分。那雪山啊
一捧一捧融化
从磕头的人脚下涔涔流过，像幸福的泪水
在一张张脸孔上燃尽

每一头牛的目光中，都居住着它死去的亲人
每一个人的目光中
都已读不出爱还是恨。就像这一路磕着长头
就像一味药，慢慢煨在伤口上

如果那白再慢一点
如果那水再暖一点
如果你不曾用额头击中我柔软的心
如果那些经文被捂在掌心，一动不动：一路长头
就会把危机四伏的光阴救赎

公元 2020 年秋。一群被磕长头的人
追赶的游子，在雪山下
已无处可逃

方文竹的诗

诗人档案

方文竹，中国作家协会会员。出版诗集《九十年代实验室》、散文集《我需要痛》、长篇小说《黑影》、学术论集《自由游戏的时代》等二十一部。获安徽省政府文学奖、中国当代诗歌奖、2017年度十佳诗人、中国·散文诗大奖等奖项。

敬亭山树林（优秀奖）

这些年，我东游西荡，三心二意

不像这些树：栎。栗。斑竹。檫木。湿地松。山胡椒

从不改变自己的位置，且不择地势

风刮过来，只是例行地响应一下，抹去落款

它们相互吸引和妥协，冷漠而默契

孤独和孤独加在一起还是孤独

一千棵树还是一棵树

默默地站在这里，哪怕十年百年

也不吭一声

原来，与敬亭山相看两不厌的

还有这么多，这么多的，君子

在塑像下，我比较了一番

它们与李白、玉真公主的身段

孤独和孤独加在一起还是孤独

在先贤祠下，我与一棵古杉合影

在太白独坐楼喝茶，我与房正风争论着一棵罗汉松的年龄

在翠云峰，我看到一棵枫香偷偷描着口红

一千棵树还是一棵树，站在这里

站在自己的地方，静静地

没有人注意到，它与敬亭山相看两不厌

哪怕一两年，十年，百年，千年

姚德权的诗

诗人档案 | **姚德权**，笔名虞姚，中国自然资源作家协会会员，辽宁省作家协会会员。诗歌作品在《诗刊》《星星》《扬子江》《诗选刊》等刊物发表。出版诗集《素描时光》。

屈子行吟图（优秀奖）

1

一行霜打的雁声斜过，满腔离骚与芦花同时白头
诗人立在漩涡中心，他很平静
袍袖裹挟的风雅颂，被竹竿吹得一波三折

对岸有人击剑当歌，仿佛回声的花边镶着一块铁
菖蒲，芦苇，它们高举头颅
草木如箭镞，疼痛在伤口之外

2

汨罗江。这硕大的泪珠
始终在五月的眼眶里噙着，却从未失去重心
打捞千年的沉船，依旧是历史的吃水线

高贵之处，唯有灵魂可以抵达
顺着时间流放的针脚，我寻到思想缝制的补丁
一部《天问》问个不休
夜读的人，穷经皓首

3

阳光隐去麦芒，再尖锐的影子也不能代替夜
一个纵身，在纸上临摹多年
最后，以粽叶的姿势裹住窄窄的肉身

极目楚天，抽出刀鞘里的内伤
汨罗江，盛大的诗歌道场
梦境涨潮的时候，总有一艘艘龙舟涉水而来

4

闭上眼睛，目睹黑暗被灯火说破本相
孤独如此整齐，水纹让死亡有了松动的声音
苍生大医，以身为药引
我在空间之外，体内的暗河被一株艾蒿找到痛点

铺开宣纸的白，雪，如期而至
一双行走的旧鞋子，让所有的路有了胎音
留白处，一块石头不停地凿着碑

5

远处，岁月的鞭影抽打呻吟的病句

附在回音壁上的波澜
聆听编钟折射的悲怆，意境旷远

走了那么久，行吟者一直在路上
刀锋嫁接的马蹄声，捎来秋水枯瘦的消息
转过身，汨罗江成了倒影

6

一些来不及阅读的河流，让过涛声最高亢的部分
最后，皈依民谣的源头
在风中，谁披着憔悴的月光，边走边唱

曦光一出世，便是完美的漏洞
一潭死水被浪花激活
头顶的高冠，始终恪守法度，美政，君子之道

7

来自洞庭湖的桨橹声，穿过失修的瞳孔
怀里裹紧的楚国早已发霉
大音。用生命和弦
竹林不能介入的，或许，笛声可以抵达

内心决堤，水在另一滴水里泛滥成灾
背影，站成巨大的问号
乌云压低地平线，苍茫中有一个人举起自己

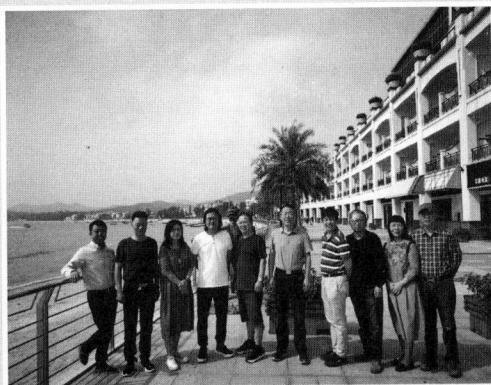

压轴诗群·浏阳河西岸诗群作品大展

主持人 刘起伦

（按汉语拼音首字母排序）

方雪梅　奉荣梅　李　立　刘炳琪

刘起伦　沙　弦　谢蕾洪　易鑫一

远　人　周缶工

西岸风光旖旎

刘起伦

　　说"浏阳河西岸"是一个诗群，局限了它。毫不谦虚地说，在各个文体写作上，这个团体都有建树，各领风骚，自成气象。诗群成立四年来，已在各类报刊发表小说、诗歌、散文、随笔、评论作品上千篇。打开搜索引擎，你会发现这些名字频频出现在《人民文学》《诗刊》《中国作家》《解放军文艺》《青年文学》《星星》《花城》《芙蓉》《天涯》《西部》《人民日报》《解放军报》这样一些报刊上。

　　被湖南文坛雅称"二梅"的方雪梅、奉荣梅，是散文大家，是《创作与评论》隆重打造推出的"文学湘军三才女"中的两位。群里年龄最小的周缶工，也擅长散文创作，掌管一家大型国营餐饮集团，还能忙里偷闲，写出的文章可圈可点。同领大校军衔的刘起伦、刘炳琪哥儿俩，小说、诗歌两支笔左右开弓，多有斩获，有小说作品被《小说月报》《海外文摘》转载。疏离诗歌二十多年后，李立一旦回归，气势如虹，写出大量个人标识性极强的好诗。沙弦在写诗作文、编辑报纸之余，冷不丁捧出一本几十万字的科学家传记，让人惊叹不已。说到远人，恐怕在文学界称得上"天下何人不识君"了。他这些年笔耕不辍，著述颇丰，在长篇小说、诗歌、散文随笔、评论各领域都取得让人"羡慕嫉妒恨"的成果。迄今为止，出版个人著作二十四本，"著作等身"这个成语安他头上，丝毫不为过。至于谢蓄洪、易鑫一二位，偶涉足散文、小小说写作，大部分精力花在诗艺提高上，借用他们自己的话，"一生做精一件事，甚好"。

说说这一辑诗作吧。也只能春秋笔法，点到为此。

李立以一辆吉普当扁舟，出没在历史与现实之间，纵情山水，关注民生，于行吟中安置中年，履迹处处，诗意盎然。最近半年的西南、西北漫游，写出很多脍炙人口的诗篇，比如这首小长诗《大漠》，将边地风情和世代刀郎人与命运搏击的壮美描述得入木三分，让我们抚摸到历史的厚重与大漠的辽阔苍凉，捧读再三，唏嘘动容。

远人在这组行吟之作里，一直不动声色地呈现，十分稳健地呈现："天色／始终没有亮透，很远的山／已经像在宣纸上出现……"往往，又给读者豁然开朗的结尾："藏在树叶里的鸟，忽然从里面／飞出，它们张开翅膀／使这首诗，明亮地响成一片。"读这些诗作，需让一颗淡定从容的心，合着诗行内在的韵律，才能与诗人的灵魂同频共振。

"梅花一开／所有路过的风雪，就该／挪出地方，让浩大的春天／从一朵朵花蕊里归来。"方雪梅的诗细腻温润，词句间蕴藏灵动飘逸、简约生姿的美妙。读她的诗，仿佛卷帘听雨，有一种雨打芭蕉的旋律在灵魂低回；如品饮一杯佳茗，齿颊生津，馥郁之香久久不去，让人安静，心生暖意。她的诗比较淡雅，或是对自然风景的客观素描——风景就在那里，你读到的就是我看到的。即使触景生情，也是浅浅的愁绪，如"梅花落雨"，如"柳絮轻扬"，最多不过是"星星潮湿了心情""枯睡的荷吐露莲子的心思"，是一个知性女子的克制。

沙弦半生与文字打交道，涵养出儒雅谦逊的品格。他为人温厚，文字也温厚，即便"我的惆怅""最痛的痛"，都是可以抚摸的。所选的两首短制佳构，散发珍珠般的温润光泽，也是可感可触的。刘炳琪写诗时间不长，却取得长足进步，入选的这组诗作，都是身边的事物，阅读它们，让人感受到"春天的湿润"。起伦近年大部分诗作，多为中年之思，沉湎于个人冥想和内心观照，多少有点里尔克"密室写作"的意味。但他不多的行吟诗，却恣意外向，较为洒脱。《在浯溪拜谒元结》一诗，意象层叠，视野开阔，充满对历史与生命的探问与思索，与古人对话，就是与天地对话、与时间对话、与自己灵魂对话。

"像荷花一样／拥抱一种云淡风轻／这也是我，想对／一湖清水说的"，这是我以前读过的易鑫一一首诗里的句子。这些年，他一直致力于追求诗意的灵动与清澈，这其中的艰辛，他自己知道，朋友们也知道，就像他自己写的："走过的山水／绵延起伏"吧。

倡导作品要"有意思、有意义""有质地、有见地"，并尊为创作圭臬的周缶工，写作"潇湘八景"。关于这个题材，沈括《梦溪笔谈》之后，历代皆有才子追和。周缶工以此为诗，足见其文学"野心"。不知读者在读周缶工的《平沙落雁》时，是否读出了深秋的宁静？不过，文学没有终极目标，只能无限抵达。借此机会，我衷心祝愿易鑫一、周缶工两位兄弟，通过不懈努力，诗艺日益精进，创作的每一首作品，都像精心调制的美妙鸡尾酒，让我们既品到深秋月下的清凉，又尝到初夏正午的阳光。

寄来初稿时，谢蓄洪给自己的诗作取了个总标题——《远方的不确定性让我如此迷恋》，这个标题很唯美、很诗意，但他的诗歌语言却趋向口语。虽然我和他在诗歌美学和风格上大相径庭，但我得老实承认，挺喜欢这组作品，因为细读再三，我发现了掩藏在看似平淡无奇的语言中的诸般诗意。再回到那个标题吧，对于诗歌，殊途同归，或许我与蓄洪兄有所见略同的看法：充满意味的不确定性才是"心仪之地"，才越来越让人迷恋。人生也大抵如此吧，未来的不确定性，才让我们活得小心翼翼又充满期待。我想说的是，作为栏目主持人，编选好这辑作品，写下综述小文，我已在想明年。

是的，明年，又会有哪支优秀诗群，昂然列队走过我们期待的目光？

方雪梅的诗

诗人档案 | **方雪梅**，中国作家协会会员，湖南省散文学会副会长，长沙市作协副主席。出版诗集、散文集和文艺评论集等七部。作品见诸《中国作家》《人民日报》《文艺报》《诗刊》《星星》等刊物。

汉中盆地

与这抔土是亲戚
所以　我来了
在五月

我是秦岭　汉山的
外孙女　也是外甥女
对着山上的一块碑
山下的一丘田
低下自己温热的血液

我参拜的这抔汉家之土
每一粒尘埃
都深不见底　一回眸
定军山　五丈原　武侯的冠带

汉水的风
都是千里之外的上亲
与我沾亲的　还有
某个月夜　韩信的马蹄

我是来探亲的
写汉字　说汉语
履历表上　汉族一词
也从这片地里　缘起

我记住了　汉台区
王家坎村田里的稻秸
正是我丢失了的外婆
大巴山余脉北坡上
木质坚硬的汉柏
一定是我单瘦的小舅

一对母子　长眠
在汉文化的根部
我想　每一个春天
他们与汉家山河
长出的新绿　都是我深爱的由头

成　都

头一次触碰别人嘴上

那个又辣又麻的部位
我对距故乡和湘菜
九百多里远的街巷 一见倾心
日子 在这里 居然踱着方步
落到我手心
那么柔软 那么巴适

在宽窄巷子走过的人
没有什么胡同 穿不过去
当宽处则宽
当窄处便窄
这是成都的活法

我天性文静 却对麻辣的事情
耿耿在心 喜欢它饱满我的味蕾
喜欢对它水洗过的空气 敞开深情
喜欢它的美食
随了老祖宗的姓氏
姓赖的汤圆
姓钟的水饺
还有姓龙的抄手（馄饨）
食物也是有娘家的女子呢
你一相中 便对她一世牵念

我在锦江区的某条街上
在有姓氏的美食边
想起蜀汉的烽烟

想起三星堆　都江堰

想起杜甫的草堂和金沙的古典

只可惜　时间绷紧了脚步

只够将它们仰望

谁在歌声中一语道破

成都　今春成了

我的诗与远方

梅花知己

听说年嘉湖南岸

梅花开了

我在寒雨骤起的下午

绕道过去

拜访一树树久别的花事

正好　今日立春

梅树忍了一冬的深情

春讯一泼　就烈火烹油

羽绒包裹的心

也在玫红花瓣边

想起热爱的事

湖边　三五个看花人

大都年岁入暮

一副与春色背道而驰的躯体

并不妨碍　他们谈笑从容
用披风戴雨的人生
与梅花结成同盟

看花的人　被看的树
经历过同样的去年
沉重　纷扰　不屈的年景
我深信　梅花一开
所有路过的风雪　就该
挪出地方　让浩大的春天
从一朵朵花蕊里归来

在西来山下

我是那个循着
血脉　逆向出行的探路者
在川山坪的一处荒山密林
找到外婆弄丢了一百多年的故乡
和淑云这个名字

外婆的父母
在茂密的农事里安眠
凭着西来山的高度
俯瞰血缘下端的来人
我　汨罗江溅出的一粒草穗
从十六卷老族谱中

寻找外婆水灵灵的眼神
打探自己陌生的来路

菊花开了
艳黄或粉白
河水忘记的　西来山记得
我的根须　在一个低垂的稻穗
一杯芝麻豆子茶
和一道田埂上
在古老乡愁起包浆的地方

奉荣梅的诗

诗人档案　　寒影，本名奉荣梅，中国作家协会会员、主任编辑，长沙市作协副主席，湖南省散文学会副会长。先后在《中国作家》《人民日报》《文艺报》《青年文学》《长江文艺》《创世纪》等报刊发表作品数百篇。出版散文集《浪漫的鱼》等多部。

种下《诗经》

我把《诗经》种下
薇菜在谷雨里醒来
只要几滴纯净的水
就出落成千年的模样
城里的阳台
容不下甘棠、棠棣、樛木
桃之夭夭的灼华
躲在发黄的册页里

茉苢以车前草的小名潜伏
芄兰，卷耳，艾蒿
化了装，在超市里约会
投之以木瓜

回报的是罐装的蜜饯
良辰已至
紫茉莉给初长成的小妹
涂脂抹粉
荷也准备了一只绿盘
收藏短暂一生的美艳

采薇，采薇
千年一叹
柔情凝固在指尖
对兰守候了四季
只为与诗经里的凌霄
一起盛开

晒太阳

坐在古老庭院的台阶上
太阳把我的脊背当时钟
我听见太阳的脚步
温暖而又克制
我的影子被太阳驱赶
像爬山虎一样
侵占了所有的窗口

树在太阳下打瞌睡
落下花瓣，果实

还有鸟的聒噪

今夜，我的梦里

将有太阳的歌唱

月下月湖

月光下你站成了一棵木兰

幽姿独立

紫红的裙袂飘飘

等待音乐响起

跳起绝世的舞蹈

旋转一个无我的世界

月光下你浓缩成一行诗

从诗人的口里飞出

梅花落雨柳絮轻扬

星星潮湿了心情

青虫牙牙学语

枯睡的荷吐露莲子的心思

月光下你静默成一尊佛

山水袈裟涤尽尘嚣

怀抱处子之心

转山转水转世界

无极而太极

却转不出自己的内心

李立的诗

诗人档案　**李立**，诗人。作品见于《诗刊》《人民文学》《花城》《天涯》《芙蓉》《西部》《诗选刊》《扬子江》《星星》等刊物，获诗歌奖项十数次，出版诗歌、散文、报告文学集共六部。

大　漠

1

走进塔克拉玛干沙漠中的胡杨林

流浪的灵魂，就回到了

失散多年的家园，饱经颠簸的腿脚

把旅途的疲惫，和斑驳的想象

卸于一棵古老的树桩上

久违的清新空气，裹挟着浓郁的泥土气息

从那些苦命的树梢上，纷纷掉落下来

奔波于时光之外，命运在他山

风光旖旎之处，虚构了一幅油墨江山

一次次风雨的洗礼，催生出

那片令人窒息的繁华，春去秋来

翠绿褪去、黄叶飘零，虫儿作茧自救
蛰伏在死亡中，等待被一阵惊雷
再次唤醒，抑或等待风干

生命中最坚硬的部分，总是
会在需要灿烂的时日，冒出新芽
生生不息的草木，即便是被巨石压顶
也会选择在阳春三月，从石缝中
艰难地绽放出由衷的一笑
平凡的生活，每一次放纵都是自我救赎

2

流落至塔里木盆地中心的
都是一些细微的黄沙，卑微而贫乏
面黄肌瘦，却异常坚硬
率真而憨直，太阳给予它们热量
它们就非常火热，夜晚给予它们寒凉
它们就异常冰冷，不敷衍
更不阴违，就是它们自己的身世
也说不清、道不明
它们聚集在一起，却构成了一股不可忽视的力量
静时，是一座难以翻越的山
动时，是一股无所不摧的沙尘暴
它们有一个共同的名字
——塔克拉玛干沙漠
（维吾尔语意为"进得去，出不来"）

匈奴、汉人、羌人、柔然、高车、突厥、吐蕃人
他们被命运所裹挟，先后流浪至
塔里木盆地边缘区域，还有嚈哒、吐谷浑人
这些来自社会底层、厌倦了战争
和掠夺的生灵，只想觅得一块自由、和平
不需要多大的安身之所
哪怕赤日炎炎，哪怕艰难困苦
只要可以接纳自己多舛的命运，便无所畏惧
他们聚集在一起，像一丝丝
纤弱的棉纱，拧成一股柔软，却韧性十足
能伸能屈、可拴住命运的缰绳
互帮互助、自强不息，他们自称为刀郎人

没有盘缠、没有手艺、没有牵挂
只有一颗敢于向命运挑战的心
不惧跋涉，他们不安于现状的思维中
隐藏着埋葬饥饿和苦难的基因
山高水远、风沙侵扰、饥寒交迫、前途未卜
毅力成为战胜现实的唯一武器，茫然中
能拯救自己的，只有双手——
狠狠抓紧苦难的七寸，拒绝与桎梏妥协

3

世世代代生活在塔克拉玛干沙漠的胡杨
从不埋怨祖先的短视与贫困
也没有因环境的不公而自暴自弃
没有一种树，能承受风沙

一次又一次的侵扰和打压，而从不折腰
也没有一种树，面对极度贫乏
不靠老天的施舍，不依赖地域的丰沛
而是自力更生，勇敢地突破泥沙坚实的围困
把细嫩的根扎进地下五十多米的深处
从盐碱中，汲取水分和养料
从它们的节疤处渗出的苦涩的树液
那是它们对生活的默默诉说
但它们枝叶的繁茂和翠绿，从来不打折扣
它们无愧为树中之英雄豪杰

在胡杨林中讨生活的穷苦人
利用胡杨和芦苇搭建起简陋的茅屋
用以安身立命，繁衍生息
他们在林中狩猎野兽，下河捕鱼
点燃枯枝朽木，削尖了头的红柳棍
穿上兽肉、鱼肉烧烤而食
把平淡无味的生活过得活色生香
在杳无人烟的荒漠旷野，他们赤脚而行
或赶着古老的木轮牛车，奔波于
大漠深处的风沙之中，远离了战争与世俗
也远离了繁华与富足，赤日和风沙可以把罗布泊
浩瀚无垠的湖水掠夺得一滴不剩
而刀郎人凭着自己坚韧不拔的意志，不仅
顽强地存活下来，而且不断地壮大
像胡杨、柽柳、胡颓子、骆驼刺、蒺藜
这些被青山绿水抛弃的精灵

直面艰难困苦，也毫不动摇地生机勃勃
给这个毫无生气的死亡之海
增添了无限活力，使之渐渐有了人间气息

4

征服自然，靠的是吃苦耐劳、勇敢剽悍
战胜自己，全凭积极进取、乐观开朗
他们齐心协力、同舟共济
在戈壁荒漠中开垦出属于自己的崭新生活
他们感恩这里的一草一木、一石一土
太阳、石头、树木、兽皮、骨头
在他们战胜大自然中，这些为他们提供过帮助的事物
他们都要一一献上自己的虔诚，予以祭拜
感恩它们在自己困难的时候，舍身相助
同时祈求来年风调雨顺、农牧丰收、健康平安

大漠的脾气变得收敛，戈壁滩上
不再是荒芜挟持着乱石横行，曾经肆意张狂的风沙
渐渐隐藏踪影，勇挑重任的新疆杨和柳树
发挥各自顽强生命力的优势
开疆拓土、恣意蓬勃，开始统领这片原野
西瓜、哈密瓜、玉米、葡萄、棉花、苹果、红枣
更是不声不响地成为沙石泥土的宠儿
它们的根，扎得像胡杨树和刀郎人一样深
已与这片土地融为一体，难以分离
它们世世代代在这里生根、发芽、开花、结果
这里是他们甘苦与共、生生不息的家园

内心的荒芜比物质的匮乏，更容易

摧毁人的意志，寂寞难耐时

他们便随心所欲、无拘无束地引吭高歌

唱出自己内心的所思所想，如歌如泣

声音粗犷而舒缓，带着几分沙哑

如微风吹过细沙，似月色弹拨树梢

仿佛溪水轻轻地击打着鹅卵石

天籁，在空旷而静谧的天际回荡

赏心悦目的歌舞，能让人暂且忘却几多愁苦

也更容易走进另一个人的内心

在叶尔羌河下游平原荒无人烟的大漠胡杨林里

刀郎人靠坎土曼和苞谷馕唤醒了沉睡的荒漠

寻觅和迁徙，是人类永恒的主题

最远的远方，往往就藏在我们自己的心里

征服远方，也就是征服自己的内心

刀郎人的灵魂已然找到了归宿，我的脚步

与刀郎人的歌声一样，没有归途

刘炳琪的诗

诗人档案 | **刘炳琪**，作品散见于《诗刊》《解放军文艺》《星星》《创世纪》《湖南文学》《湘江文艺》《绿洲》《火花》《当代人》《诗潮》《青年作家》《文学港》《创作》《黄河文学》《延安文学》等刊物。著有长篇小说《大梦无痕》等三部。

回故乡

离开时，风是向北吹的
等我回来，已经向南了
屋檐边的阔叶林
落光了又一年思念

有时觉得，自己像头顶飞过的鸟
总想选择舒适的地方安家
却不知，山前叮叮咚咚的溪水
也会放慢脚步，留恋故乡的味道

无法理解母亲坟墓上
枯萎的草，怎样不舍的坚守
夕阳拉长的影子，仿佛失败的远方
只有熟悉的炊烟，才让我落下泪来

不会向弯曲的田间小径
诉说尘世艰辛
走过千万条路，唯独这一条
通向我莽撞无知的少年

池塘边

山风使劲吹了吹，塘边的草
跟着弯弯腰
塘水过于平静，只在靠近我的地方
多皱了几下眉，她好像厌恶
这越来越冷的孤独
我不知道为什么坐在这里
很久以前，也在同样位置
那是夏天傍晚，稻子熟了
燕子飞来飞去
两个孩子在水泥坪上踢球
一个姑娘走来，从身后拿出莲蓬
和一束荷花
现在，人去楼空的堤上
一粒松子咧着嘴，走走停停
像是坦然赴老的途中，又像是
犹豫着回望春天

从一片枫林走过

雨水没有怜悯，但树不同
我看到的落叶
连最后飘扬的机会都没有
就被雨水摁到地上

我喜欢的，还是春暖花开
人生能有多少那样的时光？
残留的叶子全黄了
萧瑟之气漫延整个群落

我也知道，几滴水改变不了什么
天空哭一次，生命失去一些
没有一场雪会为它们白头

雨滴鞭挞落叶
仿佛自己苍凉的心跳
想起永远等不到春天的人
我把伞更高地举了起来

一只鸟飞走了

黄瓜，丝瓜，长豆角

405

所有爬上竹架最高处的事物
都不及一只鸟。它像宝塔的尖顶
在远处留下更大的影子
正好有一片干渴沙滩
需要一些画面，填补水落之后
长久的空白

生命总有言语之外的巧合
或者安排，仿佛平静清凉的河水
过了热情夏季，也就退去激情
曾经容不下一道河堤阻拦
此时却敞开怀抱，收留天空巨大的蓝
其实这与一只鸟的孤独无关

我只是来看菜地。借河滩肥沃
耕种自家菜园，没想过养鸟
不能说出鸟的名字，就像
记不住名字的某个人
我并没有过去，但它还是飞走了
丢下一片羽毛
在无法确认安全时，逃避才是选择
更多时候，我也像鸟

刘起伦的诗

**诗人
档案** | **刘起伦**，自 1988 年开始写诗，参加过《诗刊》社第十六届"青春诗会"。2018 年开始尝试小说创作，部分小说被《小说月报》《海外文摘》转载。

在浯溪拜谒元结

时隔 1258 年，我小心掩藏葱茏岁月

携带余生，来到浯溪

除了领略你发现的这一方钟灵毓秀的山水

还要细细解读，饱受战争离乱

远离故土，你千里之外异乡履职的心情

元结兄，何其有幸

生在粗犷北地的你

溯江而上，在湘南这片奇异秀丽的山水里

找到一首诗的奇崛意象和一生的诗眼，从此

安身立命，乐而忘归

我在上午十点钟

裹一身五月丰盛的阳光走进你世袭的家园

身处这般绝妙幽胜之境

我努力抑制内心狂喜
却抑制不住脱口而出的惊叹。像垒石
滚落幽深的峡谷
溅起的回声，激荡而邈远

元结兄，我举止率性并非不恭
请允许在你面前完全放松身心
闲庭信步，顾盼自如
或者在某块碑文前伫立，凝视或沉思
将自己也变成得日月星辰加持
而具生灵的一块石头。状如
虎跃狮吼，或静卧的老牛
各具姿态，各有慧心
都是对天地和时光的诗意表达

我无须掩饰对 505 方苍崖碑刻的钟爱
目光里生出无数柔暖的手，反复摩挲
直到终于明白
危崖高耸，那让石头开枝散叶的
除了阳光和雨水的金刀
更锋利的，是先贤们深邃的思想
至善、至美、至真
以春秋笔法
镌刻在历史的惠风霁月之中

我在那方被推崇备至的"三绝碑"前驻足良久
就像历史从来绕不过必然发生的事件

元结兄，恕我直言
安史之乱，一个国家的辽阔创伤
岂是一篇锦绣文章能够抚平？
即使颜公真卿书之，又将它勒石
也不过是对一段历史立此存照
让无数后来人观之思之，唏嘘不已
倒是江上宠辱不惊绵绵不绝的波浪
在日夜流淌中，学会
冷眼旁观。也许在无人的月夜
会用纯正的母语，吟诵出它的
激越高昂，浩然正气

临近正午的天空蓝得让人深信不疑
头顶一两朵白云，自由、生动、优雅地飘着
像你、也像我的清白身世
望着这云，会让人暂时忘却历代圣贤的寂寞
站在蓝天之下，壁立千仞与似水柔情之间
我试着理解你的理解，对于家国，对于忠义
以及盘踞胸腹间的万般诗意

元结兄，谁都是天地间仓促的过客啊
而你，停驻此间山水
就将它完全融入生命
浯溪，峿台，吾亭
一旦被你命名，从此成为灵魂的故乡
所谓"旌吾独有"
是天下莫能与之争了

所以自你以降，慕名持帖而来的名人雅士
比如刘长卿、杨万里、黄庭坚、秦观
李清照、范成大、米芾、杨维桢、何绍基、袁牧
吴大澂、董其昌、顾炎武、王夫之，等等
无非充实华夏悠久历史文化中的某个词条
让湘江的上空，星光夺目
今天，又来了追慕者起伦

元结兄，我也是幸运的
来到浯溪，借千年诗心文胆
让心得一次完整
这是我昔日苦苦寻觅的江山胜景
今朝被我真实拥有
在这里，随处可见的一花一草都彬彬有礼
无论唐梓宋柏，还是元明的松檀
永远沉静温和，文明又自律
我流连忘返直至黄昏
晚霞抚了抚金缕衣，横卧在湘江碧波之上
向晚的风，吹拂和平肃穆的香樟与楠竹
吟唱一曲晚祷歌。我知道
夜幕即将合围，而星月必君临天宇

如果可以，元结兄
我多想待在吾亭边光洁的岩石上
与你共度一个良宵
我们手可摘星，也可席地而坐，笑谈古今
或者什么都不说

只从浩瀚的月光里舀三百盅香甜米酒
对饮。把无限心事溶入酒盏
一醉方休，从此肝胆相照
如果你不在，我亦独饮
醉了，便对着湘江一遍遍呼唤你的名字
"元结，元结，元结……"
眼前会幻化出一枚浓得化不开的情结
一枚涵养在灵魂深处的种子
让我长出慧眼，看见
星垂平野，月涌大江
看见地老天荒
我承认，有那么一刻
我真的恍惚了，仿佛月下湘江就是我的前生
为赴一个千年约定
不知行了多少路，终于来到这里

元结兄，我将在一个崭新黎明到来之际
与你揖别。在浯溪
我已读懂了历史的莽苍，可以走了
元结兄，带不走的浯溪
永远是你的。你无须多加挽留
只命清风送我一程即可
我将与一江清澈的湘水结伴北去
不过，我要告诉你，此行不虚
浯溪，也成为我的精神故乡
或者说，你的前世正是我的今生
我还想告诉你，湘江的流速

恰如我灵魂的速度
这种缓慢而坚韧，虽不勇往却也直前的步履
定会将我带到时间深处
殊途同归，我们最终在一个永恒之地
合二为一

灵魂的雅隆冰川

——给李立

来到这里，你已舍弃很多
是否于轻灵中最先看到一架玉体横陈的
古琴？天地苍茫
被寒风反复弹奏的高山流水与广陵散
多像巧妙掩藏一生的秘密
心的绝唱，完好如初

从海拔 6606 米的岗日嘎布山主峰
到山下湖泊，二千米跌宕，十二公里
仿佛一记扣人心弦的滑翔，雅隆冰川
足够一个人抒情的激荡与绵长
那夺人魂魄的纯粹，谁瞥上一眼
都会深深嵌入灵魂，成为明窗与蓝天
那一刻，你恨不得生命就此融入
这透明又醉人的颜色，成为它永恒的一部分
这悲壮的念头，在辽阔的天空下
渺小而尖锐，让你在感动中记取疼痛

在人间，所谓世外桃源

不过是一个人苦苦寻觅终于找到的灵魂故乡

不能告诉你爱在哪里，却真切地让你明白

痛在何方。你看，穿越亿万斯年

温顺宽厚而略显倦意的阳光

与你目光焊接的一刻，你突然发现

自己早已潸然泪下

是啊，千里万里，跋山涉水

追寻到这蛮荒原始部落，已放下那么多

为何并没有获得轻松感与成就感

为何转身时，又听到了自己心底的呐喊

一万匹铁马冰河，在历史与现实的断裂带

长嘶一声。哦，不过是振聋发聩的喃喃细语

"有何胜利可言，挺住意味一切！"

罢罢，来过了，不虚此行

见识了与日月星辰共情的事物

又接受那不知来路也不知归途的寒风

将自己灵魂一遍遍洗礼、抚摸

还有什么样的尘世不能接受呢

沙弦的诗

诗人档案 | **沙弦**，曾在长沙某军校工作。作品散见于《诗刊》《人民文学》《湖南文学》《诗选刊》《创世纪》等各类刊物。

苏州的园

这园子里的树
像是躲避我多年又被我找到
不想与我相认
装作若无其事的样子
走过回廊、假山、小桥、凉亭
却又不声不响地相依伴随
而它们池中的倒影
仿佛我的惆怅

喜欢玫瑰

喜欢玫瑰，还有它的刺
替我保护那些美丽
花朵谢落了

414

我也喜欢那些刺

坚硬，锐利，像身体长出的钉子

丛生于路，能否挡住邪恶横行

也可让我背负荆条

向曾经的冒犯请罪

让那些刺，一直扎在心上

隐痛

最痛的痛

谢蓄洪的诗

诗人档案 | **谢蓄洪**，湖南省作协会员，湖南省金融作协理事，长沙市作协理事。迄今在《中国作家》《人民日报》《星星》《诗歌报月刊》《青年文学》《芙蓉》等报纸杂志发表诗文近千篇。

心仪之地

鼓浪屿，我的心仪之地
那里居住着一位我同样心仪已久的诗人
她的诗名
像月光下的鼓浪屿一样
朦胧美好

来到鼓浪屿
我改变要去登门拜访的初衷
宁愿再一次翻开她的诗集
与实地对照参阅

赤脚拓在沙滩上
留下脚印一串串
旋即又被海浪轻轻抹去

了无痕迹

海风吹拂
涛声灌耳
一支轻快的歌
在我心中反复哼唱

宽窄巷子

走着走着就窄了
此时宜驻足
稍作休整
饮一杯盖碗茶
或者品一小口醇厚老酒

走着走着又宽了
融入灯火通明之处
市声鼎沸的
成都之夜

从宽处往窄处走
从窄处往宽处行
皆是成都从容气度

宽窄巷子
宽窄人生

易鑫一的诗

诗人档案 易鑫一，本名易海波，湖南省作协会员，毛泽东文学院第 16 期学员，长沙县作协副主席。曾在《创世纪》《湘江文艺》《湖南文学》《散文诗》《中学语文》《火花》等多家报刊上发表作品。

夜雨敲窗

雨在击打窗户
巨大的声音透出了它的毅力
它是想探访灯光吗
是想和屋里主人聊天吗
还是只找个乐子
逗一下英豪就悄然离去

阳光曾经拥抱过的东西
风雨也会
不管你喜欢，还是不喜欢

夜雨敲窗，或者只是它的前奏

回　忆

走过的山水
心中的不甘
绵延起伏

指缝间
滑过一滴热乎乎的忏悔

校园里看云

大雨涤荡尽尘埃
天空多么明净
天高云淡，生命中的杂质
被一一滤去
我和校园里每一棵树一样
踮起了脚尖

看啊
那云朵，生了翅膀
好像一个梦突然长大了

我每一天都经过这条林荫道
跟这里的每一棵树，一一招呼

细数着一棵棵树，叫唤它们的名字

香樟树，银杏树，桂花树……

在每一个季节的腹地

它们玩魔术，多姿多彩

它们静静地伸懒腰

一点一点，逗弄阳光

逗弄雨滴

生长的细胞，鸟一样活泼

在这里

倾听鸟的欢叫

有时根本看不到一只鸟，那就幻想

不论怎样，这条林荫道都令我珍惜

我知道这里每一天都带有我的呼吸

一只鸟在啄食

一片树叶悠然落下

远人的诗

诗人档案   远人，中国作家协会会员。发表有诗歌、小说、评论、散文等千余件作品，出版有长篇小说、历史小说、中短篇小说集、散文集、评论集、诗集等个人著作二十四部。获奖若干。

里耶的早晨

很久没有一个这样的早晨
雾在我起来时就已散了
从窗口望出去，是一片
没有人的菜畦，无数块石头
拥挤在菜地一边，从它们
倾斜而上的坡上，竖立起
爬满树叶的围墙。天空
非常小心地从墙上跃过
一只公鸡站在墙的缺口
抬起脖子啼叫。回应它的鸟群
始终在树叶里躲藏；一个
旧时代的标语，从树叶里
露出它的底色，似乎
雨水没想过要冲走它的深红

421

很久都没人在菜畦里走过了
似乎种下它们的人，仅仅
只完成他们的播种，菜畦里的
蔬菜，像是另外几种植物
非常自然地长出。天色
始终没有亮透，很远的山
已经像在宣纸上出现
围墙后面的小学，举起一个
布满铁锈的无网篮球筐
时不时被抛入框内的篮球
时不时将球板撞击得哗啦一响
不知什么人在操场里打球
围墙挡住他的身体，只有
一次次拍球声从墙后传来
又在空旷里传出更远
它让我想象和断定一个少年
在水泥操场上运球、转身
然后对准球筐，跃身出手
时不时我就看见一根抛物线
在围墙上忽然出现，然后又
飞快地落下和消失，整个学校
好像再也没有他人，就像
这个早晨再也没有他人
我在窗帘拉开的窗内站着
好像第一次入迷某种声音
从早上六点到八点，一直
藏在树叶里的鸟，忽然从里面

飞出，它们张开翅膀
使这首诗，明亮地响成一片

午夜的酉水河堤

所有的风声从耳边退去
月亮退去，星星退去
酉水河的波涛退去
留在这里的，是堤坝
是台阶，是一块块
石头铺成的山城之路
看不见这条路通向哪里
滚动的大雾铺在路上
铺在石头和树上，铺在
河水中的一条船上
全部的灯都熄灭了
从天而降的夜是一床毛毯
柔软地盖在我们身上
盖在三尺外就无法看清的
石头路上。临江的房子
都在这时候睡去，迎面
而来的，是夜里的深蓝
它裹住河流、旷野
裹住头顶的宇宙——没有
任何声音从宇宙里传来
只有我们的呼吸，惊动着

脚下每一块石头，惊动着
船头睡去的鱼鹰，它睁开眼睛
看见四个不眠的人，在这里
散步，说话，又渐渐地消失

山　夜

总有一个夜晚
需要留到山上
一幢临崖的木阁楼
谁也不知是怎样建起
院子里的狗
惊讶地看看我们
又把吠叫忍在喉咙
我们从瓦片盖住的
屋顶下穿过，阁楼的阳台
仿佛悬空。全部的夜
拥挤在外面，从阁楼
延伸出去的亭榭
被灯光充满，它照亮
廊柱一侧，另外一侧
躲藏进黑暗，远山在远处
起伏，像一条巨大的
舌头舔住星星的脸庞
主人端来的酒在瓷碗里
微微动荡，总觉得

它很容易在夜里挥发
只是现在，可以什么都
不用思想，思想总是
压迫着人，然后改变人
有时还很像一把刀子
慢慢地剜着人，但远处的
群山不要思想，灯光
不要思想，这面无穷
拉开的夜幕不要思想
它们组成一个生命里的
时刻，这时刻也同样
不需要思想。在阁楼上
站着的人都看不出多远
无穷的夜，无穷的山
无穷的时空，都在
面对这些阁楼上的人
像面对它们亿万年来
梦想有的心跳和呼吸

天门山洞

可惜看不到那个洞口
从山的腹部出来
雨下得很大，云把天空
擦得漆黑。我们只能看见
脚下看不远的路，水洼

布满开阔的广场，仿佛
一面湖水在这里出现
下午四点，天空已经变黑
山峰已经变黑。有人说
山洞就在那里，但我们
的确看不见，就像此刻的世界
不让我们看见，难道我们真的
看见过这个世界？那么
告诉我它是完整还是残缺
仅仅一场雨，就淹没掉
它所有的真相。或许世界
从不把真相交给我们。人总是
在局限里活着，一代一代
在活着时寻找真实
又在某个突然里变得茫然
——看不见的事物太多
听不见的也同样太多
它们始终站在那里
它们不掩饰自己，也不
扮演某个角色。很多时候
我们不记得世界，永远
比我们真实，它们来自
一个永远，又将去到
一个永远，能改变它们的
永远不是自己，就像此刻
我们看见的只是黑色
只是雨和云的翻滚

世界如此简单，我们如此
就被蒙蔽。这场雨
好像永远不会停了
我们看着远处和高处
像看一个尽头，但是尽头
从来不是我们所能看见
在那里，没有谁的人生
可以占据，在那里
只有壁立的山峰，只有大地
汪洋，原初的万物

周缶工的诗

诗人档案 | **周缶工**，本名周光华，湖南省作家协会会员，长沙市作家协会副主席。以"有意思、有意义""有质地、有见地"为创作要旨。作品以诗歌和散文为主。

潇湘夜雨

一夜春雨淅淅沥沥
下在柳宗元和我的心里
屋角的青苔默然无语
夜色和风雨声亘古不变

萍洲春涨淹过梦的界限
潇湘水和漫天夜雨
来自天上的河流
一起造就橹声帆影的萍洲

杜鹃啼叫楚辞
扁舟舒卷渔歌
羁旅的风碧透层峦叠嶂
潇湘夜雨发源于千年之前
奔袭在千里之外

平沙落雁

东洲岛平沙在秋风中等候
落雁总如落叶般准点
回雁峰，大雁心中的导航仪

雁阵是秋的絮语
写在天空的诗句
雁长在芦苇怀里，水的中央
和仰望的目光一样高

一只雁归来
意味着收获的开始

山市晴岚

紫气环绕，岚烟袭人
鸟儿如影随形
我们头戴阳光，身披清风
大声吟唱儿时的歌谣

山峰耸立，河流不息
感谢飞鸟鸣虫

传说中的妖孽和鬼魅
与久违的飞禽走兽

我们喜欢这山这水
这山市晴岚

改变，才能日臻完善（后记）

2021 年 3 月，我突然萌生弥补一下国内缺少一部行吟诗歌年选的遗憾，想做一本书出来。与几个志同道合的朋友一说道，立即得到他们的赞许和响应。第二天，征稿启事就分别在几个平台发布了。

我的初衷是想编一部有所不同、略有创新、大家喜闻乐见的诗歌年选，所以，我首先必须学会改变。

改变之一：诗歌年选为什么就要长得像个木讷的老翁？栏目不是点缀，是有的放矢地方便读者阅读，告诉风格迥然的作者和口味各异的读者什么样的诗歌才是值得推荐的。

改变之二：诗歌年选为什么就一成不变地按姓氏笔画一人一首诗？在泥沙俱下的时代，一粒金沙的光芒常常就轻易地被浑浊之水吞没。好的诗歌，要让它好得无以挑剔；差的诗歌，就让它差得无话可说。

改变之三：诗人没大小之分，只有诗歌好坏之别。为什么不给名不见经传者一个舞台？丑小鸭变成白天鹅之前，需要呵护和关爱。重要栏目"悸动"就是专门给丑小鸭们准备的摇篮。

改变之四：诗歌年选为什么要变成板结的土壤，冬去春来长出来的都是一样的庄稼？"年度头条诗人""悸动""压轴诗群"三个重要栏目，每年都必须绽放不一样的花朵，而且都必须是来自神州大地不同的方向。

改变之五：诗歌年选为什么要搞成一言堂，难不成四川的厨师

431

能烹饪出色香味俱佳的粤菜？本年选采用自然投稿和重点约稿相结合的方式，栏目主持人自行负责该栏目作物的播种和收割。总之，这片园地百花齐放，有心人总能找到自己中意的那一束。

……

这是我编的第一本诗歌年选，难免会有遗珠之憾，期待来年诗人们踊跃投稿，大浪淘沙。

感谢各位编委的大力支持和帮助！特别要感谢诗人刘起伦、远人和樊子三位编委，他们不仅仅提供了宝贵建议，还身体力行参与到本书的组稿和编辑中！

李立

2021 年 8 月 5 日草

李立，行吟诗人，去过六大洲数十个国家。作品见于《诗刊》《人民文学》《花城》《天涯》《芙蓉》《西部》《作品》《诗选刊》《扬子江》《星星》《诗歌月刊》等百余种报刊，出版诗集、散文随笔集和报告文学集共六部。

汤红辉，中国通俗文艺研究会诗歌委员会委员、湖南省文联委员、红网文艺频道主编，湖南省网络作协副秘书长。作品散见于《诗刊》《诗歌月刊》《扬子江诗刊》《黄河》《延河》《鸭绿江》等文学期刊。